안녕하세요 한국어.
잘 부탁합니다.

★ 獻給想要馬上說韓語的您 ★

初級 韓語文法 中文就行啦

有圖解的喔！

STS
Culture Co.

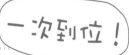

韓語文法

有哪些品詞呢

• 韓語中的品詞

句意：我慢慢吃韓國烤肉拌飯。

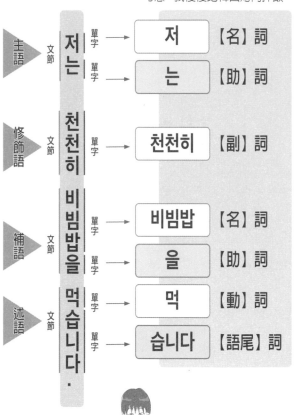

主語　文節　저는

單字 → 저 【名】詞

單字 → 는 【助】詞

修飾語　文節　천천히

單字 → 천천히 【副】詞

補語　文節　비빔밥을

單字 → 비빔밥 【名】詞

單字 → 을 【助】詞

述語　文節　먹습니다．

單字 → 먹 【動】詞

單字 → 습니다 【語尾】詞

各種品詞

品　詞	單　　字
【動】詞	만나다 (見面), 보다 (看)
【名】詞	손 (手), 비 (雨)
【代名】詞	나 / 내 (我), 이것 (這個)
【形容】詞	싸다 (便宜), 즐겁다 (快樂)
【存在】詞	있다 (在 / 有), 없다 (不在 / 沒有)
【指定】詞	이다 (是), 아니다 (不是)
【語尾】詞	으까 / ㄹ까, ㅂ니다 / 습니다
【助動】詞	고싶다 (希望), 아 (어, 여) 있다 (正在~)
【副】詞	빨리 (快速地), 천천히 (慢慢地)
【助】詞	는 / 은, 가 / 이, 를 / 을, 와 / 과
【數】詞	일 (一), 하나 (一個),

第一課 就是要當主角
主語

OTI

　　要說某人做什麼事啦！人如何啦！從事什麼工作啦！這個某人就是這個話題的主角，韓語文法上叫「主語」。主語是指實際進行某動作的主體，或存在的主體。也指某性質、某狀態、某關係的主體。一般放在句子的前面。例如：

（主語）	（述語）	‥‥（單字語順）
主體	動作、存在、性質、狀態、關係	

1　**나는**
　那.嫩
　na.neun
　　갑 니 다.
　　卡母.妮.打
　　gam.ni.da
　　我去。（動作）

2　**책은**
　切.滾
　chae.geun
　　있 습 니 다.
　　乙.師母.妮.打
　　it.seum.ni.da
　　有書。（存在）

3　**눈은**
　努.嫩
　nu.neun
　　흽니다.
　　恨.妮.打
　　huim.ni.da
　　雪是白的。（性質）

4　**꽃 이**
　扣特.氣
　kko.chi
　　예쁩니다.
　　也.撲.妮.打
　　ye.ppeum.ni.da
　　花很漂亮。（狀態）

5　**나는**
　那.嫩
　na.neun
　　학생입니다.
　　哈.先.因.妮.打
　　hak.saeng.im.ni.da
　　我是學生。（關係）

　　其中，「나」（我）是「갑니다」（去）這個動作的主體。「책」（書）是「있습니다」（有）這一存在句的主語。「눈」（雪）是「흽니다」（白的）這一性質的主語。「꽃」（花）是「예쁩니다」（漂亮）這一狀態的主體。主語「나」（我）等於「학생」（學生），兩者的關係是劃上等號的。主語一般是名詞、代名詞等。韓語的「나」（我）是對平輩、晚輩的說法，還有一個對上司、長輩的說法是「저」（我）。

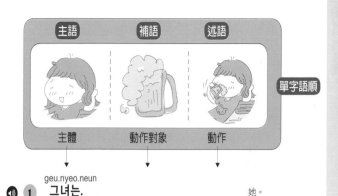

主語	補語	述語
主體	動作對象	動作

單字語順

geu.nyeo.neun
1 **그녀는.**
古.牛.嫩

她。

geu.nyeo.neun　　　maek.jju.reur　　　ma.sim.ni.da
2 **그녀는**　　　**맥주를**　　　**마십니다.**
古.牛.嫩　　　妹.阻.入　　　馬.心.妮.打

她喝啤酒。

「她喝啤酒。」她就是做「喝啤酒」這個動作的主角,也就是主語了。要知道哪個是主語,看看助詞就知道了。這句話的主語助詞「는」。韓語的特色就是有助詞來告訴您哪一個是主語喔!

第二課 好像婢女、書童
助詞

(T2)

　　韓語的助詞就像古代的婢女、書童一般，是來輔助主人，並顯示主人的身份是主語、補語還是修飾語。也就是說一個句子裡，各個單字間互相的關係，就靠助詞來幫忙弄清楚啦！當然助詞一定是緊緊跟在主人後面囉。

　　韓語的助詞還不少，入門階段，首先要掌握的有：

「은[eun]/는[neun]」表示主詞，這主詞是後面要說明、討論的對象。

「가[ga] / 이[i]」表示主詞，這主詞是後面要說明的對象、行動的主體。

「를 [reur]/ 을[eur]」表示前面接的名詞是後面及物動詞的受詞。

「의[ui]」（～的）表示所有、領屬、來源等關係的助詞。

「에[e]/에게[e.ge]」（給～，去～）表示動作、作用的對象或方向。

「로[ro]/으로[eu.ro]」（用～，搭～）表示行動的手段和方法。

「과[gwa]/와[wa]」（和～）表示並列。「도[do]」（也）表示包含。

「부터[bu.teo]」（從～）表示時間跟空間的起點。

「까지[kka.ji]」（到～）表示時間跟空間的終點。

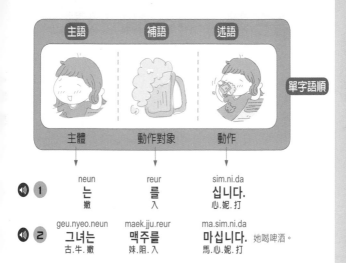

| 主語 | 補語 | 述語 |

單字語順

| 主體 | 動作對象 | 動作 |

neun	reur	sim.ni.da
는	**를**	**십니다.**
嫩	入	心.妮.打

① 1

geu.nyeo.neun	maek.jju.reur	ma.sim.ni.da
그녀는	**맥주를**	**마십니다.** 她喝啤酒。
古.牛.嫩	妹.阻.入	馬.心.妮.打

② 2

「그녀는 맥주를 마십니다.」（她喝啤酒。）這句話用助詞「는」表示「她」是主語，也就是喝這一動作的主體。「를」表示「맥주」（啤酒）是補語，也就是「喝」這一動作的對象了。

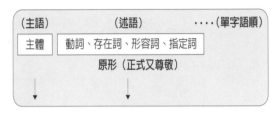

第三課　用行動襯托主題

述語　○ T3

　　先提出主語「她」，至於她做了什麼動作？人在哪裡？長得怎麼樣？職業呢？要做這些敘述，都需要後面的述語。韓語的述語有動詞、存在詞、形容詞跟指定詞…等。

　　另外，要注意的是，韓語的述語一般都是放在句尾的喔！

（主語）	（述語）	‥‥（單字語順）
主體	動詞、存在詞、形容詞、指定詞	
	原形（正式又尊敬）	

1 geu.nyeo.neun　gan.da (gam.ni.da)
그녀는　**간다（갑니다）**. 她去。（動詞-動作）
古.牛.嫩　剛.打（卡母.妮.打）

2 geu.nyeo.neun　it.dda (it.seum.ni.da)
그녀는　**있다（있 습 니다）**. 她在。（動詞-存在）
古.牛.嫩　乙.打（乙.師母.妮.打）

3 geu.nyeo.neun　a.reum.dap.tta (a.reum.dap.seum.ni.da)
그녀는　**아 름 답다（아 름 답 습 니다）**. 她很美。（形容詞-狀態）
古.牛.嫩　阿.樂母.答.打（阿.樂母.答.師母.妮.打）

4 geu.nyeo.neun　sun.su.ha.da (sun.su.ham.ni.da)
그녀는　**순수하다（순수합니다）**. 她很純樸。（形容詞-性質）
古.牛.嫩　順.樹.哈.打（順.樹.航.妮.打）

5 geu.nyeo.neun　hak.saeng.i.da (hak.saeng.im.ni.da)
그녀는　**학생이다（학생입니다）**. 她是學生。（指定詞-關係）
古.牛.嫩　哈.先.衣.打（哈.先.因.妮.打）

　　述語通常是放在句尾，在形式上有「原形」跟「正式又尊敬」兩種。原形中動詞、形容詞是以「다」結束，名詞是以「다/이다」結束。正式又尊敬的動詞、形容詞是以「ㅂ니다/습니다」結束，名詞是以「입니다」結束。

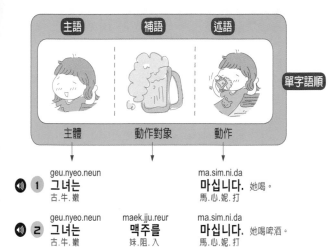

主語	補語	述語
主體	動作對象	動作

1 그녀는
geu.nyeo.neun
古.牛.嫩

마십니다. 她喝。
ma.sim.ni.da
馬.心.妮.打

2 그녀는
geu.nyeo.neun
古.牛.嫩

맥주를
maek.jju.reur
妹.阻.入

마십니다. 她喝啤酒。
ma.sim.ni.da
馬.心.妮.打

動詞述語的「마십니다」（喝），是主語「她」的動作。例句（1）只有主語「그녀」（她）和述語的動詞「마십니다」（喝），沒有補語，讓人家不知道是喝什麼；例句（2）很清楚地知道她喝的是「啤酒」。

第四課 我不能沒有你
補語

主語跟述語是一個句子的主要中心。但是，有時候，單靠述語是沒有辦法把意思說清楚的，這時就需要補語這樣的角色，來把意思進行補充說明。補語一般放在述語的前面。

補語就像把一張素顏的臉龐，補上彩妝一樣，把面貌修補得更完美。

補語一般以「名詞+助詞」的形式，跟述語保持一定的關係。補語的種類有：對象、場所、手段、材料、範圍、變化的結果…等。

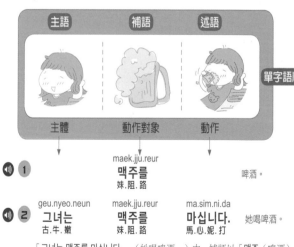

主語	補語	述語
主體	動作對象	動作

單字語順

1
　　　　　maek.jju.reur
맥주를
妹.阻.路
啤酒。

2
geu.nyeo.neun　　maek.jju.reur　　ma.sim.ni.da
그녀는　　**맥주를**　　**마십니다.**
古.牛.嫩　　妹.阻.路　　馬.心.妮.打
她喝啤酒。

「그녀는 맥주를 마십니다.」（她喝啤酒。）中，補語以「맥주（啤酒）+를」的形式，跟動詞述語「마십니다」（喝）構成「動作對象」的關係。也就是說「마십니다」（喝）需要有一個動作的對象，那個對象就是補語「맥주」，再加補語助詞「를」。

第五課 講清楚說明白
修飾語

　　大熱天，為了消暑，一口氣喝下啤酒，能瞬間刺激喉嚨，全身感覺清爽！要說「他一口氣喝了啤酒。」其中「一口氣」就是這個單元要說的「修飾語」了。

　　「修飾」就是讓句子的內容更詳細、明確的意思。就像一個造型設計師，把一個五官平凡的女孩，打造成五官立體，摩登的女孩一樣。

　　修飾語一般放在被修飾語的前面。

主語	補語	修飾語	述語
主體	動作對象	樣子	動作

單字語順

geu.neun　maek.jju.reur　　　　　　　ma.syeont.seum.ni.da
① 그는　맥주를　　　　마셨 습 니다.　他喝了啤
　古.嫩　妹.阻.入　　　　馬.休.師母.妮.打　酒。

geu.neun　maek.jju.reur　dan.su.me　ma.syeont.seum.ni.da
② 그는　맥주를　단숨에　마셨 습 니다.　他一口氣
　古.嫩　妹.阻.入　蛋.樹.梅　馬.休.師母.妮.打　喝了啤酒。

　　例句（1）只說他喝了啤酒。例句（2）加入修飾語「단숨에」（一口氣）來修飾後面的動詞「마셨습니다」（喝），更清楚表現出狀態是「一口氣」的。

你我他這樣說

你	당신 dang.sin

你	너 neo

我	저 cheo

在下	나 na

他	그 geu

她	그녀 geu.nyeo

你們	당신들 dang.sin.deul

我們	저희 jeo.hi

我們，咱們	우리 u.ri

他們	그들 geu.deul

她們	그녀들 geu.nyeo.deul

親愛的	자기야 ja.gi.ya

大家	여러분 yeo.reo.bun

女人	여자 yeo.ja

1 照語順寫句子　依照下面的語順，改成一個完整的韓語句子。

1. 她 → 音樂 → 聽
　　음악　　듣습니다

_____

2. 他 → 韓語 → 教
　　한국어　　가르칩니다

_____

3. 我 → 飯 → 慢慢地 → 吃
　　밥　　천천히　　먹습니나

_____

2 排排看　請把盒子裡的字，排成正確的句子。

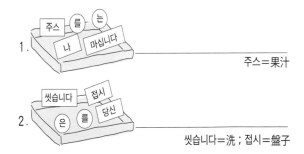

1.　주스　를　는　나　마십니다
_____
주스＝果汁

2.　씻습니다　접시　당신　은　를
_____
씻습니다＝洗；접시＝盤子

第一課 做什麼

T6

（一）主語+述語

基本句中的「做什麼」語順是「主語+述語」。主語是由助詞「가[ga] / 이 [i]」來表示。接續方式是「母音結尾的名詞＋는[neun]；子音結尾的名詞＋은[eun]」。

如：「비가 내립니다.」（下雨。）、「새가 납니다.」（鳥飛。）、「꽃이 있습니다.」（有花。）等。這時候述語的「내립니다、납니다、있습니다」等表示動作、作用、狀態及存在的單字，就叫動詞。

中文說「下雨」，動詞是在前面，主語是在後面。而韓語的語順剛好是相反的，把動詞「下」放在主語「雨」的後面，當然主語要用助詞「가」來表示囉！語順是，

> 話題가/이+動作。

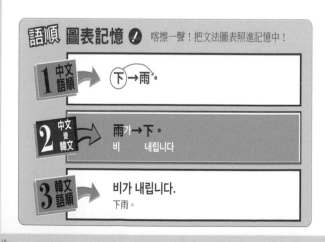

語順 圖表記憶 ✔ 喀擦一聲！把文法圖表照進記憶中！

1 中文語順 下→雨。

2 中文是韓文 雨가→下。
비　　內립니다

3 韓文語順 비가 내립니다.
下雨。

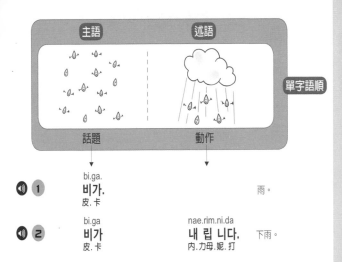

主語	述語
話題	動作

單字語順

bi.ga.
1 **비가.** 雨。
皮.卡

bi.ga
2 **비가** nae.rim.ni.da
皮.卡 **내 립 니다,** 下雨。
内.力母.妮.打

　　以一個句子為基本,然後再發展成更長的句子,這個基本的句子,就叫基本句。上面的例句(1)只提到「雨」,沒有後面的述語,所以不是完整的句子。例句(2)有主語跟述語,這樣才算完整的句子。

（二）主語+補語+述語1

STEP2 基本句型

　　基本句中，還有中間加入補語的「主語+補語+述語」的基本句。其中補語是由助詞「를 [reur]／을[eur]」來表示的。這裡的補語是承受述語動作的對象的人或物。接續方式是「母音結尾的名詞+를；子音結尾的名詞+을」。

　　而述語部分的動詞，需要有個補語，來當作承受動作的對象。這時候表示主語的助詞用「는[neun]／은[eun]」，接續方式是「母音結尾的名詞+는；子音結尾的名詞+은」。

　　「韓國人喝味噌湯」這句語順是將動作「喝」移到句尾。然後助詞各自發揮作用，主語用「은」，補語用「을」表示。注意喔！韓語的語順中，動詞往往是放在句尾的喔。語順是，

> 主體는/은+動作對象를/을+動作。

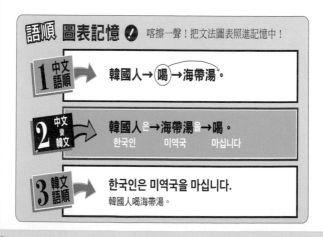

語順 圖表記憶 喀擦一聲！把文法圖表照進記憶中！

1 中文語順 ➡ 韓國人→喝→海帶湯。

2 中文變韓文 ➡ 韓國人 은→海帶湯 을→喝。
　　　　　　한국인　　미역국　　　마십니다

3 韓文語順 ➡ 한국인은 미역국을 마십니다.
　　　　　　韓國人喝海帶湯。

主語就是做這個動作的人囉！韓語中補語一般是在述語的前面。

看漫畫比比看

1 한국인은 마십니다.
韓國人喝。

2 한국인은 미역국을 마십니다.
韓國人喝海帶湯。

　　上面例句（1）主語喝什麼呢？沒有承受喝這個動作的對象，所以意思就顯得不夠完整。為了讓「마십니다」（喝）有個對象，也讓意思能完整呈現，所以例句（2）加入補語「미역국」（海帶湯）後接補語助詞「을」。

(三) 主語+補語+述語 2

　　韓語中的動詞,也會因為動詞述語的不同,而使用不同的補語助詞。

　　除了「을[eur]」之外,還有書童「와[wa]」、「로[ro]」、「에[e]」、「에서[e.seo]」、「까지[kka.ji]」、「도[do]」等,都可以當作補語助詞的。

　　要說「我和朋友吵架。」就把「和」移到朋友的後面,就行啦!這句話,中文的動詞很乖地跑到後面,所以比較簡單啦!語順是,

> 主體는/은+動作對象와+動作。

語順 圖表記憶 ✔ 喀擦一聲!把文法圖表照進記憶中!

1 中文語順 ➤ 我→ 和 →朋友→吵架了。

2 中文變韓文 ➤ 我는→朋友→和→吵架了。
　　　　　　　　나　　친구　와　싸웠습니다

3 韓文語順 ➤ 나는 친구와 싸웠습니다.
　　　　　　　　我和朋友吵架了。

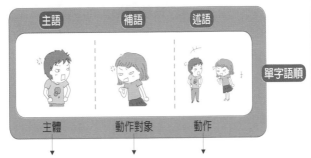

主語	補語	述語
主體	動作對象	動作

單字語順

na.neun ss a.wot.seum.ni.da
1 **나는** **싸웠 습 니 다.** 我吵架了。
那.嫩 沙.我.師母.妮.打

na.neun chin.gu.wa ss a.wot.seum.ni.da
2 **나는** **친구와** **싸웠 습 니 다.** 我和朋友
那.嫩 親.姑.娃 沙.我.師母.妮.打 吵架了。

這句話的「**싸웠습니다**」（吵架了）是「**싸우다**」（吵架）的過去式。過去式用「語幹是陽母音 ㅏ ㅗ+았다；語幹是陰母音 ㅣ+었다」表示事情已經過去了，是在說話之前的事。也就是「**싸우다**+었다 = **싸웠다**」，正式且尊敬的說法是「**싸웠습니다**」。過去式請看 STEP4 第一課。

看漫畫比比看

1 나는 싸웠습니다.
我吵架了。

2 나는 친구와 싸웠습니다.
我和朋友吵架了。

　　上面例句（1）只提到我吵架了，沒有述語動詞「**싸웠습니다**」（吵架）的補語，所以不知道跟誰吵架；例句（2）加上了補語「朋友」，才知道吵架的對象，整個句子就很清楚了。

（四）有兩個以上的補語

有些動詞述語，不僅只有一個補語，而是有兩個補語。如：「어머니는 나에게 돈을 건넵니다.」（媽媽給我錢。）中主語是「어머니[eo.meo.ni]」（媽媽），做的動作是「건넵니다[geon.nem.ni.da]」（給），先拿錢在手上，所以直接補語是「돈[don]」（錢），然後給間接的補語「나[na]」（我）。

從這裡可以清楚看到，間接補語用助詞「에게 [e.ge]」表示，直接補語用助詞「을[eur]」表示。

「媽媽給我錢。」這句話，從中文語順來進行變化的話，就是把動作「給」移到句尾，就好啦！語順是，

> 主體는/은＋間接對象에게＋直接對象를/을＋動作。

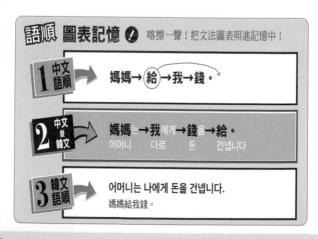

語順 圖表記憶 ✓ 喀擦一聲！把文法圖表照進記憶中！

1 中文語順　　媽媽→給→我→錢。

2 中文變韓文　　媽媽는→我에게→錢을→給。
어머니　　다로　　돈　　건넵니다

3 韓文語順　　어머니는 나에게 돈을 건넵니다.
媽媽給我錢。

主語	補語	補語	述語

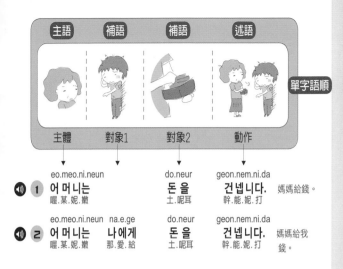

單字語順

主體	對象1	對象2	動作

🔊 **1** eo.meo.ni.neun
어머니는
喔.某.妮.嫩

do.neur
돈 을
土.呢耳

geon.nem.ni.da
건넵니다.
幹.能.妮.打

媽媽給錢。

🔊 **2** eo.meo.ni.neun na.e.ge
어머니는 나에게
喔.某.妮.嫩 那.愛.給

do.neur
돈 을
土.呢耳

geon.nem.ni.da
건넵니다.
幹.能.妮.打

媽媽給我錢。

看漫畫比比看

1 어머니는 돈을 건넵니다.
媽媽給錢。

2 어머니는 나에게 돈을 건넵니다.
媽媽給我錢。

上面例句（1）只知道媽媽把錢遞了出去，不知道是給誰；例句（2）加入「나에게」（給我）用助詞「에게」來表示間接的對象，也就是給錢的對象，原來是「나」。

動詞變化

01 하다體 [ha.da]（辭書形）

　　韓語裡的動詞結尾以「다 [da]」結束的叫「하다體 [ha.da]」，由於詞典裡看到的也是這一形，所以又叫辭書形（也叫基本形、原形）。韓語的動詞結尾是會變化的，例如「去」這個動詞的原形是「가다 [ga.da]」，在華語中，如果要說「不去」，只要加上「不」，但韓語動詞結尾「가다」的「다」要進行變化，來表示「不」的意思，而沒有變化的「가」叫做語幹。形容詞的變化也是一樣的。

□ 動詞

原　　形	語　　幹
가다 [ga.da]（去）→	가 [ga]
먹다 [meok.dda]（吃）→	먹 [meok]
팔다 [pal.da]（賣）→	팔 [pal]
타다 [ta.da]（搭乘）→	타 [ta]

02 합니다體 [ham.ni.da]

　　就是把語尾的「다 [da]」變成「ㅂ니다 [b.ni.da]/ 습니다 [seum.ni.da]」就行啦！這是最有禮貌的結束方式。聽韓國的新聞播報，就可以常聽到這一說法。「母音語幹結尾 + ㅂ니다 [b.ni.da]；子音語幹結尾 + 습니다」。「母音語幹結尾 + ㅂ니다」的「ㅂ」接在沒有子音的詞，被當作子音（收尾音）。這種活用規則，動詞、形容詞、存在詞、指定詞都適用。

母音語幹結尾 + ㅂ니다 [b.ni.da]
子音語幹結尾 + 습니다 [seum.ni.da]

原　　形	語　　幹	합 니 다 體
가다 [ga.da]（去）→	가 [ga] →	갑니다 [gam.ni.da]
서다 [seo.da]（站立）→	서 [seo] →	섭니다 [seom.ni.da]
싸다 [ssa.da]（便宜）→	싸 [ssa] →	쌉니다 [ssam.ni.da]
앉다 [an.dda]（坐下）→	앉 [an] →	앉습니다 [an.seum.ni.da]
먹다 [meok.dda]（吃）→	먹 [meog] →	먹습니다 [meok.seum.ni.da]

03 해요體 [hae.yo]

　　就是把語尾的「다 [da]」變成「아요 [a.yo]/ 어요 [eo.yo]」就行啦！這是一般口語中常用到的客氣但不是正式的平述句語尾「～요 [yo]」的「해요體 [hae.yo]」。這是首爾的方言，由於說法婉轉一般女性喜歡用，男性也可以用。至於動詞要怎麼活用呢？那就看語幹的母音是陽母音，還是陰母音來決定了。

□ 語幹的母音是陽母音時

　　什麼是陽母音呢？那就是向右向上的母音「ㅏ、ㅑ、ㅗ、ㅛ、ㅘ」了。例如「살다 [sal.da]（活著）」、「닫다 [dat.dda]（關閉）」、「옳다 [ol.ta]（正確）」等，語幹是陽母音的動詞，就要用「語幹＋아 [a]＋요 [yo]」的形式了。只要記住「아 [a]」的「ㅏ [a]」也是陽母音，就簡單啦！

陽母音語幹＋아 [a] ＋요 [yo]

原　　形	陽母音語幹	해요體
살다 [sal.da]（活著）→	살 [sar]（母音是ㅏ）：	살아요 .[sa.ra.yo]（살＋아＋요）
닫다 [dat.dda]（關閉）→	닫 [dad]（母音是ㅏ）：	닫아요 .[da.da.yo]（닫＋아＋요）
옳다 [ol.ta]（正確）→	옳 [ol]（母音是ㅗ）：	옳아요 .[o.la.yo]（옳＋아＋요）
가다 [ga.da]（去）→	가 [ga]（母音是ㅏ）：	가요 .[ga.yo]（가＋아＋요 .但因為「ㅏ、아」兩個母音連在一起，所以「아」被省略了。）

□ 語幹的母音是陰母音時

陰母音以外的母音叫「陰母音」，有「ㅓ、ㅕ、ㅜ、ㅠ、ㅡ、ㅣ」。例如：「묻다 [mut.da]（埋葬）」、「서다 [seo.da]（站立）」等，語幹是陰母音的動詞，就要用「語幹＋어 [eo] ＋요 [yo]」的形式了。只要記住「어 [eo]」的「ㅓ [eo]」也是陰母音，就簡單啦！

陰母音語幹＋어 [eo] ＋요 [yo]

原　形	陰母音語幹	해요體
묻다 [mut.dda]（埋葬）→	묻 [mud]（母音是ㅜ）：	묻어요 . [mu.deo.yo]（묻＋어＋요）
서다 [seo.da]（站立）→	서 [seo]（母音是ㅓ）：	서요 . [seo.yo]（서＋어＋요。但是「ㅓ、어」兩個母音連在一起，所以「어」被省略了）

HOME

29

04 半語體

　　只要把「解要體 [hae.yo]」最後的「요 [yo]」拿掉就行啦！半語體用在上對下或親友間。在韓國只要是長輩或是陌生人，甚至只大你一歲的人，都不要用「半語體」，否則不僅會被覺得很沒禮貌，還可能會被碎碎念哦！至於動詞要怎麼活用呢？那也是看語幹的母音來決定了。

□ 語幹的母音是陽母音（ㅏ、ㅑ、ㅗ、ㅛ、ㅘ）時

　　跟「解要體 [hae.yo]」的活用一樣，最後只要不接「요 [yo]」就行啦！也就是「語幹＋아 [a]」的形式了。

陽母音語幹＋아 [a]

原　　形	陽母音語幹	半　語　體
살다 [sal.da]（活著）→	살 [sar]（母音是ㅏ）：	살아 .[sa.ra]（살＋아）
닫다 [dat.dda]（關閉）→	닫 [dad]（母音是ㅏ）：	닫아 .[da.da]（닫＋아）
가다 [ga.da]（去）→	가 [ga]（母音是ㅏ）：	가 .[ga]（가＋아．但因為「ㅏ、아」兩個母音連在一起，所以「아」被省略了）

□ 語幹的母音是陰母音時

跟「해요體 [hae.yo]」的活用一樣，最後只要不接「요 [yo]」就行啦！

也就是「語幹＋어 [a]」的形式了。

陰母音語幹＋어 [a]

原　　形	陰母音語幹	半　語　體
묻다 [mut.dda] （埋葬）→	묻 [mud]（母音是ㅜ）:	묻어 .[mu.deo]（묻＋어 .）
서다 [seo.da] （站立）→	서 [seo]（母音是ㅓ）:	서 .[seo]（서＋어 . 但是「ㅓ 、어」兩個 母音連在一起 , 所以「어」被省略了）

□ 하變則用言（名詞＋하다 [ha.da]）

韓語中，還有一種動詞用的是「名詞＋하다 [ha.da]」的形式。叫做「하變則用言」（又叫하다用言、여 [yeo] 變則用言）。

例如：

基本形→하다 （사랑하다） [ha.da （sa.rang.ha.da）]

客氣正式→합니다 （사랑합니다） [ham.ni.da （sa.rang.ham.ni.da）]

客氣非正式→해요 （사랑해요） [hae.yo （sa.rang.hae.yo）]

名詞＋하다	하 變 則 用 言
愛＋하다 →	사랑하다 .[sa.rang.ha.da]（喜愛。）
感謝＋하다 →	감사하다 .[gam.sa.ha.da]（感謝。）
多情＋하다 →	다정하다 .[da.jeong.ha.da]（多情、親切。）

練習問題

1 **照語順寫句子** 依照下面的語順，改成一個完整的韓語句子。

1. 風 → 吹
   바람　붑니다

   _____

2. 哥哥 → 她 → 和 → 約會
   　　　　　　　　데이트합니다

   _____

3. 蔬果店 → 她 → 給 → 白蘿蔔 → 賣
   야채가게　　　　　　　무　　팔겠습니다

   _____

2 **排排看** 請把盒子裡的字，排成正確的句子。

1. _____

   가르칩니다＝教；숙제＝功課

2. _____

   삽니다＝購買；맥주＝啤酒

第二課　怎樣的
(一) 主語+述語

　　基本句的「怎樣的」，又叫形容詞句。形容詞句的述語是形容詞。形容詞是說明客觀事物的性質、狀態或主觀感情、感覺的詞。而主語是用助詞「가[ga]/이[i]」跟「는[neun]/은[eun]」來表示的。接續方式跟動詞一樣。

　　表示尊重的語尾接續是「母音語幹結尾＋ㅂ니다[b.ni.da]；子音語幹結尾＋습니다[seum.ni.da]」。

　　韓語的形容詞句的語順是「主語+述語」，這對我們而言比較好理解。例如，中文說「風很涼」，就只要直接照著中文語順走就好了。當然主語的助詞「가/이」或「는/은」要記得接在主語的後面囉！語順是，

> 話題가/이；는/은+狀態。

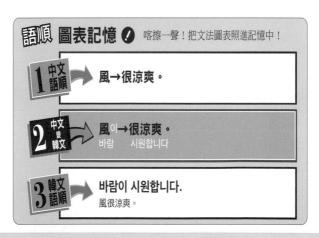

語順 圖表記憶 ✏ 喀擦一聲！把文法圖表照進記憶中！

1 中文語順 ➡ 風→很涼爽。

2 中文變韓文 ➡ 風이→很涼爽。
바람　　시원합니다

3 韓文語順 ➡ 바람이 시원합니다。
風很涼爽。

(1) 形容詞的합니다體

主語	述語

單字語順

話題　　　　　　　　　狀態等

① 1
ba.ra.mi
바람이
拔.拉.米

風。（助詞「이」）

② 2
si.won.ham.ni.da
시원합니다.
西.旺.航.妮.打

涼爽。（述語原形是「시원하다」）

③ 3
ba.ra.mi　　　　　　si.won.ham.ni.da
바람이　　　　　　시원합니다.
拔.拉.米　　　　　　西.旺.航.妮.打

風很涼爽。

　　「바람이 시원합니다.」（風很涼。）這一句話，是敘述「風」的形容詞句。首先，「風」是這個句子的主語，也是主題，主語助詞是「이」。對於風所進行的描述是後接的形容詞「시원하다」（涼爽）。最後是表示尊重的합니다體，由於「母音語幹結尾＋ㅂ니다」所以變化方式是：

　　「시원하다→시원하（ㅏ是母音語幹結尾）→시원하＋ㅂ니다=시원합니다」。

　　形容詞變化請看40頁。另外，韓語單純的敘述「바람이 시원합니다.」（風涼。）為了翻譯上語意的通順而加上「很」字，成為「風很涼」。

(2) 形容詞的해요體

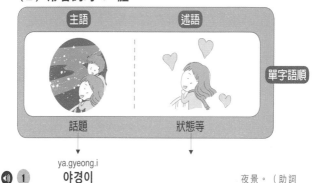

主語	述語
	單字語順
話題	狀態等

ya.gyeong.i
🔊 1 **야경이**   夜景。（助詞
呀.宮.衣   「이」）

ye.ppeo.yo
🔊 2 **예뻐요.**   很美麗。（原
也.撥.喲   形「예쁘다」）

ya.gyeong.i   ye.ppeo.yo
🔊 3 **야경이**   **예뻐요.**   夜景很美麗。
呀.宮.衣   也.撥.喲

    首爾的百萬夜景，真的值得一看的喔！這句話是根據「夜景」來進行描述的。主語是「야경」（夜景），也是主題。主語助詞是「이」，對夜景所進行的描述是後接的形容詞「예쁘다」（美麗）。

    這裡的「예쁘다」是基本形，非正式但客氣的說法是해요體的「예뻐요」，也就是：

    「예쁘다 →예쁘（ㅡ是陰母音）→예ㅃ＋어＋요-예뻐요」變化而來的。

    其中「쁘」的「ㅡ」由於接「어」所以有脫落的現象。這一說法常用在口語上。如果要說的正式又尊敬就用「예쁩니다」。

（3）形容詞的半語體

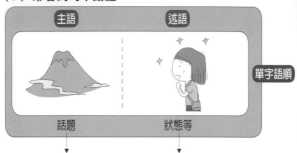

主語	述語
話題	狀態等

單字語順

1
nae.jang.sa.neun
내장산은
内.張.沙.嫩

內藏山。
（助詞「은」）

2
a.reum.da.weo
아름다워.
阿.樂母.打.我

很美。（述語原形是「아름답다」）

3
nae.jang.sa.neun
내장산은
内.張.沙.嫩

a.reum.da.weo
아름다워.
阿.樂母.打.我

內藏山很美。

　　半語體是用在上對下或親友之間。這句話是描述「내장산」（內藏山）的形容詞句。首先，「내장산」是這個句子的主語，主語助詞是「은」。對於內藏山所進行的敘述是後接的形容詞原形是「아름답다」（美麗），改成半語體就是「아름다워」。

　　這裡的變化叫「形容詞的ㅂ變則」，也就是形容詞語幹是ㅂ結尾，ㅂ要先脫落，再接「워」變成半語體，過程是：

　　「아름답다→아름답（語幹是ㅂ要先脫落）→아름다+워=아름다워」。

　　形容詞的ㅂ變則用法請看43頁。

（4）形容詞的原形

主語	述語
話題	狀態等

hyu.dae.po.neun

1 휴대폰은
休.貼.普.嫩

手機。（助詞「은」）

pyeon.li.ha.da

2 편리하다.
騙.里.哈.打

很方便。（述語原形是「편리하다」）

hyu.dae.po.neun   pyeon.li.ha.da

3 휴대폰은   편리하다.
休.貼.普.嫩   騙.里.哈.打

手機很方便。

這句話是根據「手機」來進行敘述的形容詞原形句。主語是「手機」，也是主題。主語助詞是「은」，對手機所進行的描述是後接的形容詞原形「편리하다」（方便）。

（二）有補語的

　　要說「公寓（離車站）很近」，形容詞句就會需要補語了。例如：「맨션은 아주 가깝습니다.」（公寓很近。）這句中，述語「가깝습니다」（很近）的補語是「아주」（很，非常），表示說明主語「맨션은」（公寓）是離車站很近。

　　「公寓很近。」這句話要變成韓語語順，就如前面所提過的，形容詞句的語順比較接近中文語順，所以不會有大幅的移動！語順是，

> **主體은+關連內容+狀態。**

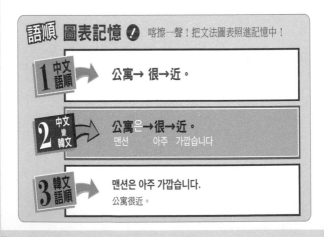

語順 圖表記憶 喀擦一聲！把文法圖表照進記憶中！

1 中文語順 公寓→ 很→近。

2 中文豐韓文 公寓은→很→近。
맨션　　아주 가깝습니다

3 韓文語順 맨션은 아주 가깝습니다.
公寓很近。

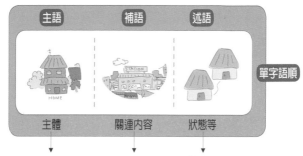

主語	補語	述語
主體	關連內容	狀態等

單字語順

maen.syeon.neun		ga.kkap.seum.ni.da

🔊 1 맨션은
冤.兄.嫩

가 깝 습 니 다. 公寓近。
卡.卡普.師母.妮.打

maen.syeon.neun	a.ju	ga.kkap.seum.ni.da

🔊 2 맨션은
冤.兄.嫩

아주
阿.阻

가 깝 습 니 다. 公寓很近。
卡.卡普.師母.妮.打

看漫畫比比看

1 맨션은 가깝습니다.
公寓近。

2 맨션은 아주 가깝습니다.
公寓很近。

例句（1）只知道「公寓近」，但是有多近呢？沒有明確說明；例句（2）很清楚地用補語「아주」（很、非常），說出距離近的兩個點「公寓」跟「車站」！

形容詞的變化

01 하다體 [ha.da] (辭書形)

　　韓語的形容詞變化跟動詞一樣，結尾以「다 [da]」結束的叫「하다體 [ha.da]」，由於詞典裡看到的也是這一形，所以又叫辭書形（也叫基本形、原形）。韓語的形容詞詞尾是會進行變化的。例如「鹹的」這個形容詞的原形是「짜다」，在華語中，如果要說「不鹹」，只要加上「不」就行啦！但韓語的「不」是用「語幹＋지 않다」來表現，因此要表示「不鹹」就要這樣變化「짜다：짜＋지 않다→짜지 않다」，而沒有變化的「짜」叫做語幹。

□ 形容詞

原　　形	語　　幹
크다 [keu.da] (大的) →	크 [keu]
작다 [jak.dda] (小的) →	작 [jak]
길다 [gil.da] (長的) →	길 [gil]
좋다 [jo.ta] (好的) →	좋 [jot]
덥다 [deop.dda] (熱的) →	덥 [deob]

02 합니다體 [ham.ni.da]

　　就是把語尾的「다 [da]」變成「ㅂ니다 [b.ni.da]/ 습니다 [seum.ni.da]」就行啦！這是最有禮貌的結束方式。聽韓國的新聞播報，就可以常聽到這一說法。「母音語幹結尾＋ㅂ니다 [b.ni.da]；子音語幹結

尾＋습니다」。「母音語幹結尾＋ㅂ니다」的「ㅂ [b]」接在沒有子音的詞，被當作子音（收尾音）。這種活用規則，動詞、形容詞、存在詞、指定詞都適用。

基本句型

> **母音語幹結尾**＋ㅂ니다 [b.ni.da]
> **子音語幹結尾**＋습니다 [seum.ni.da]

原　　形	語　　幹	합니다體
좋다 [jo.ta] (好的) →	좋 [jot] →	좋습니다 [jot.seum.ni.da]

03 해요體 [hae.yo]

　　就是把語尾的「다 [da]」變成「아요 [a.yo] / 어요 [eo.yo]」就行啦！這是一般口語中常用到的客氣但不是正式的平述句語尾「～요 [yo]」的「해요體 [hae.yo]」。這是首爾的方言，由於說法婉轉一般女性喜歡用，男性也可以用。至於形容詞要怎麼活用呢？那就看語幹的母音是陽母音，還是陰母音來決定了。

☐ 語幹的母音是陽母音時

　　什麼是陽母音呢？那就是向右向上的母音「ㅏ、ㅑ、ㅗ、ㅛ、ㅘ」了。例如「옳다 [ol.ta]（正確）」等，語幹是陽母音的動詞‧形容詞，就要用「語幹＋아 [a] ＋요 [yo]」的形式了。只要記住「아 [a]」的「ㅏ [a]」也是陽母音，就簡單啦！

陽母音語幹+아 [a] +요 [yo]

原　　形	陽母音語幹	해 요 體
대단하다 [dae.dan.ha.da] (了不起) →	대단하 [dae.dan.ha] (母音是 ㅏ)：	대단해요 .[dae.dan.hae.yo]（대단하＋아＋ 요.但因為「하、아」兩個母音連在一起，所以 縮約為「해」。）

□ 語幹的母音是陰母音時

　　陽母音以外的母音叫「陰母音」，有「ㅓ、ㅕ、ㅐ、ㅜ、ㅠ、ㅡ、ㅣ」。例如：「재미있다 [jae.mi.it.da]（有趣）」等，語幹是陰母音的動詞、形容詞，就要用「語幹＋어 [eo] ＋요 [yo]」的形式了。只要記住「어 [eo]」的「ㅓ [eo]」也是陰母音，就簡單啦！

陰母音語幹+어 [eo] +요 [yo]

原　　形	陰母音語幹	해 요 體
재미있다 [jae.mi.it.dda] （有趣）→	재미있 [jae.mi.it](母音是 ㅣ)：	재미있어요 .[jae.mi.i.sseo.yo] （재미있＋어＋요）

04 半語體

　　只要把「해요體 [hae.yo]」最後的「요 [yo]」拿掉就行啦！半語體用在上對下或親友間。在韓國只要是長輩或是陌生人，甚至只大你一歲的人，都不要用「半語體」，否則不僅會被覺得很沒禮貌，還可能

會被碎碎念哦！至於動詞·形容詞要怎麼活用呢？那也是看語幹的母音來決定了。

□ 語幹的母音是陽母音（ㅏ、ㅑ、ㅗ、ㅛ、ㅘ）時

跟「해요體 [hae.yo]」的活用一樣，最後只要不接「요 [yo]」就行啦！也就是「語幹＋아 [a]」的形式了。

陽母音語幹＋아 [a]

原　　形	陽母音語幹	半 語 體
옳다 [ol.ta]（正確）→	옳 [ol]（母音是ㅗ）：	옳아 .[o.la]（옳＋아）

□ 語幹的母音是陰母音時

跟「해요體 [hae.yo]」的活用一樣，最後只要不接「요 [yo]」就行啦！也就是「語幹＋어 [a]」的形式了。

陰母音語幹＋어 [a]

原　　形	陰母音語幹	半 語 體
재미있다 [jae.mi.it.dda]（有趣）→	재미있 [jae.mi.it]（母音是ㅣ）：	재미있어 .[jae.mi.i.sseo]（재미있＋어 .）

＊ㅂ變則用言

以「ㅂ」結尾的形容詞，「ㅂ」尾音要先脫落，再接「우 [u]」，但如果後接「어 [eo]/ 아 [a]」，就要將「우」跟「어 [eo]/ 아 [a]」結合成「워 [wo]」。如「귀엽다 [gwi.yeop.tta]」（可愛的），變化方式是「귀엽다→귀엽여＋워＝귀여워」。

練習問題

1 排排看 請把盒子裡的字，排成正確的句子。

1. _____

먼니다=很遠；학교=學校；
집=家

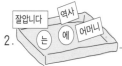

2. _____

역사=歷史；잘압니다=很瞭解

2 翻譯練習 請把中文句子翻譯成為韓語。

1. 海很藍。（用助詞「가」）　　　海=바다；藍=푸릅니다

_____

2. 汽車很方便。（用助詞「가」）　汽車=차；方便=편리합니다

_____

3. 山很漂亮。（用助詞「이」）　　山=산；很漂亮=예쁩니다

_____

第三課　什麼的

指定詞或指示詞的基本文「什麼的」語順是「主語 + 述語」。它是沒有補語的，而主語的助詞用「는 [neun] / 은 [eun]」。也就是「～는 / 은~입니다 [im.ni.da]」這樣的指定詞句或指示代名詞句。

例如，「나는 학생입니다.」（我是學生。）這裡的「나」（我）是主語，也就是主題，助詞用「는」。當然，原則上主語是要放在句首的啦！述語是「학생」（學生），最後加上「입니다」（是），就把兩者劃上等號了。

「我是學生。」這句話的韓語語順，就把「是」往後移就行啦！這裡的「是」相當於韓語的「입니다」，普通體是「다」喔。

> 主語는/은 + 述語입니다。

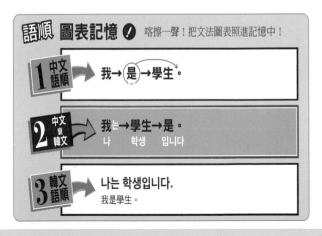

語順 圖表記憶 ✓ 喀擦一聲！把文法圖表照進記憶中！

1 中文語順
> 我→(是)→學生。

2 中文異韓文
> 我 는→學生→是。
> 　나　　學生　입니다

3 韓文語順
> 나는 학생입니다.
> 我是學生。

(1) 主語是名詞

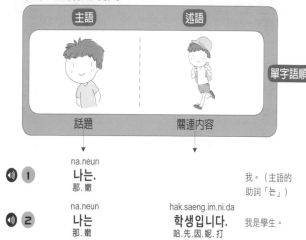

主語 | 述語

單字語順

話題 | 關連內容

na.neun
🔊 **1** 나는.
　　　那. 嫩

我。（主語的
助詞「는」）

na.neun　　　　　　　hak.saeng.im.ni.da
🔊 **2** 나는　　　　　　　학생입니다.
　　　那. 嫩　　　　　　　哈. 先. 因. 妮. 打

我是學生。

　　主題是「나」（我），述語是「학생」（學生），但光是這樣還不夠，
必須要加入「입니다」（是）才能把兩者劃上等號，說明「我是學生。」這
件事。有些人很容易把「는」譯成「是」，這是不對的喔！

（2）主語是事物指示詞

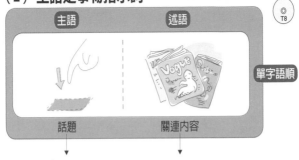

主語　　　　　　　述語

單字語順

話題　　　　　　　關連內容

1
i.geo.seun
이것은
衣.狗.孫

這。（主語的助詞是「은」）

2
i.geo.seun　　　　　jap.jji.im.ni.da
이것은　　　잡 지입니다.
衣.狗.孫　　　　　　火普.幾.因.妮.打

這是雜誌。

　　上面的例句也是「~는/은~입니다」的指示代名詞句，只是主語是事物指示詞。因此，「這是雜誌。」的語順也是把「是」往後移就行啦！語順是，

> **이것은+述語입니다。**

　　事物指示代名詞「이것 [i.geot]、그것 [geu.geot]、저것 [jeo.geot]、어느것 [eo.neu.geot]」是一組指示代名詞，用來指示事物。

　　「이것」（這個）指離說話者近的人事物。「그것」（那個）指離聽話者近的人事物。「저것」（那個）指離說話者跟聽話者都遠的人事物。「어느것」（哪個）指範圍不確定的人事物。用圖表示，如下：

說話人
이것（這個）

聽話人
그것（那個）

不明確的
어느것（哪個）

兩者以外的
저것（那個）

(3) 主語是場所指示詞

主語	述語
話題	關連內容

T8

單字語順

1
yeo.gi.neun
여기는
有.幾.嫩

這裡。（主語的
助詞是「는」）

2
yeo.gi.neun
여기는
有.幾.嫩

seo.u.rim.ni.da
서울 입니다.
手.惡.力母.妮.打

這裡是首爾。

這也是「~는/은~입니다」的指示代名詞句，只是主詞是場所指示詞。
所以「這是首爾。」的韓語語順也是把「是」往後移就行啦！語順是，

여기는+述語입니다。

「여기 [yeo.gi]、거기 [geo.gi]、저기 [jeo.gi]、어디 [eo.di]」是一組場所指示
代名詞。「여기」（這裡）指離說話者近的場所。「거기」（那裡）指離聽
話者近的場所。「저기」（那裡）指離說話者和聽話者都遠的場所。
「어디」（哪裡）表示場所的疑問和不確定。

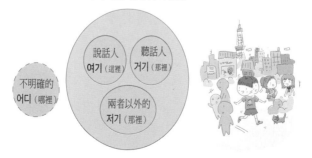

說話人
여기（這裡）

聽話人
거기（那裡）

不明確的
어디（哪裡）

兩者以外的
저기（那裡）

指定詞活用變化

01 是〜＝〜입니다 [im.ni.da] （禮貌並尊敬的說法）

到韓國面對年紀比你大的長輩、老師或初次見面的人，要表示高度的禮貌並尊敬對方，說自己「是粉絲」，這個「是〜」就用「〜입니다 [im.ni.da]」（原形是이다 [i.da]）。只要單純記住「是〜＝〜입니다」就可以啦！無論前面接的名詞是母音結尾或是子音結尾，都直接接「〜입니다」就行啦。

> **基本句型**
> 母音結尾的名詞＋＋입니다 . [im.ni.da]
> 子音結尾的名詞＋＋입니다 . [im.ni.da]

是汽車。

汽車	是
ja.dong.cha	im.ni.da

「例句」 **자동차 입니다 .**
　　　　 叉.同.擦　　因.妮.打

是粉絲。

粉絲	是
pae	nim.ni.da

「例句」 **팬 입니다 .**
　　　　 配　　妮.妮.打

---

02 是〜＝〜예요 [ye.yo] （客氣但不是正式的說法）

「是〜」還有一種用在親友之間，但說法帶有禮貌、客氣，語氣柔和的「〜예요 [ye.yo]」。說法比原形的「이다 [i.da]」還要客氣。但禮貌度沒有「입니다 [im.ni.da]」來得高。

> **基本句型**
> 母音結尾的名詞＋예요 . [ye.yo]
> 子音結尾的名詞＋이에요 . [i.e.yo]

是男性。

男性	是
nam.ja	ye.yo

「例句」 **남자 예요 .**
　　　　 男.叉　　也.喲

是粉絲。

粉絲	是
pae	ni.e.yo

「例句」 **팬 이에요 .**
　　　　 配　　妮.也.喲

03 是～＝～야 [ya]（上對下或親友間的說法）

　　看過「冬季戀歌」的人知道嗎？裡面的主角都是同學，所以講的都是「半語」喔！也表示「是～」的「～야 [ya]」用法比較隨便一點，是用在對年紀比自己小，或年紀差不多的親友之間的「半語＝一半的語言」。請注意，對長輩或較為陌生的人，可不要使用喔！對方可能會覺得你很沒有禮貌，而對你有不好的印象喔！

> **基本句型**
> 母音結尾的名詞＋야 .[ya]
> 子音結尾的名詞＋이야 .[i.ya]

是手錶。

手錶	是
si.ge	ya

「例句」
시계	야	.
細．給	牙	

是學校。

學校	是
hak.ggyo	ya

「例句」
학교	야	.
哈．叫	牙	

04 是～＝～다 [da].（原形的說法）

　　입니다 [im.ni.da] 的原形是「다 [da]/ 이다 [i.da]」。表示「是～」的意思。

> **基本句型**
> 母音結尾的名詞＋다 .[da]
> 子音結尾的名詞＋이다 .[i.da]

是手錶。

手錶	是
si.ge	da

「例句」
시계	다	.
細．給	打	

是桌子。

桌子	是
chaek.sang	i.da

「例句」
책상	이다	.
妾可．商	衣．打	

整理一下

	客氣且正式	稍稍客氣	隨　便	原　形
母音結尾	名詞＋입니다 [im.ni.da]	名詞＋예요 [ye.yo]	名詞＋야 [ya]	名詞＋다 [da]
子音結尾	名詞＋입니다 [im.ni.da]	名詞＋이에요 [i.e.yo]	名詞＋이야 [i.ya]	名詞＋이다 [i.da]

指示代名詞

01 指示代名詞

韓語的指示代名詞，就從「이 [i]（這），그 [geu]（那），저 [jeo]（那），어느 [eo.neu]（哪）」學起吧！

	代名詞	連體詞	事 物	場 所
近	이 [i] 這 （離自己近）	이 사람 [i.sa.ram] 這位	것 [geot] 這個	여기 [yeo.gi] 這裡
中	그 [geu] 那 （離對方近）	그 사람 [geu.sa.ram] 那位	그것 [geu.geot] 那個	거기 [geo.gi] 那裡
遠	저 [jeo] 那 （離雙方遠）	저 사람 [jeo.sa.ram] 那位	저것 [jeo.geot] 那個	저기 [jeo.gi] 那裡
未知	어느 [eo.neu] 哪（疑問）	어느 분 [eo.neu.bun] 哪位	어느 것 [eo.neu. geot] 哪個	어디 [eo.di] 哪裡

이 [i] 前接名詞，指離說話者近的人事物。

그 [geu] 前接名詞，從說話一方來看，指離聽話者近的人事物。

저 [jeo] 前接名詞，指離說話者跟聽話者都遠的人事物。

어느 [eo.neu] 前接名詞，指範圍不確定的人事物。

這位是誰呢？

這	位	×	誰	是	呢
i	bu	ni	nu.gu	im.ni	kka

「例句」 이 분 이 누구 입니 까 ?
衣　樸　妮　努.姑　因.妮　嘎

（我）喜歡那個。

那個	×	喜歡
geu.geo	seur	jo.a.ham.ni.da

「例句」 그것 을 좋아합니다 .
古.勾　思　兒秋.阿.哈母.妮.打

那棟建築物是我們的校舍。

那棟	建築物	×	我們	校舍	是
jeo	geon.mu	ri	u.ri	hak.ggyo	im.ni.da

「例句」 저 건물 이 우리 학교 입니다 .
走　滾.木　里　無.里　哈.叫　因.妮.打

這裡是哪裡呢？

這裡	×	哪裡	是	呢
yeo.gi	neun	eo.di	im.ni	kka

「例句」 여기 는 어디 입니 까 ?
有.給　能　喔.低　因.妮　嘎

02 指示連體詞

「이[i]（這），그[geu]（那），저[jeo]（那），어느[eo.neu]（哪）」像連體要後面必須要接名詞，不能單獨使用，所以又叫指示連體詞。韓國人在喊別人時，也會用「저[jeo]～」（喂～），一邊思考一邊說話的，也會說「그[geu]～」（嗯～）。

喜歡這道料理。

那份套餐多少錢？

那雙鞋多少錢？

喜歡哪本書呢？

03 事物指示代名詞

將「이 [i]、그 [geu]、저 [jeo]、어느 [eo.neu]」加上表示事物的「것 [geot]」就成為事物指示代名詞「이것 [i.geot]、그것 [geu.geot]、저것 [jeo.geot]、어느것 [eo.neu.geot]」，來指示事物。

這是蘋果。

這	×	蘋果	是
i.geo	seun	sa.gwa	im.ni.da

「例句」
이것 은 사과 입니다.
衣.勾　順　莎.瓜　因.妮.打

那很貴嗎？

那	×	很貴嗎？
geu.geo	seun	bi.ssa.yo

「例句」
그것 은 비싸요?
古.勾　順　比.撒.喲

那不是麵包。

那	×	麵包	×	不是
jeo.geo	seun	ppang	i	a.ni.ye.yo

「例句」
저것 은 빵 이 아니예요.
走.勾　順　幫　衣　阿.妮.也.喲

筆記本是哪個？

筆記本	×	哪個	是	？
no.teu	neun	eo.neu.geo	sim.ni	kka

「例句」
노트 는 어느것 입니 까?
奴.特　能　喔.呢.勾　心.妮　嘎

04 場所指示代名詞

場所指示代名詞，有些不一樣，「여기 [yeo.gi]、거기 [geo.gi]、저기 [jeo.gi]、어디 [eo.di]」。這一回我們來介紹韓語的存在詞。存在詞就是表示有某人事物或是沒有某人事物的詞。

哥哥！（看）這裡！

哥哥	這裡
o.ppa	yeo.gi.yo

「例句」
오빠~ 여기요!
歐.巴　　　有.給.啊

這裡是首爾。

這裡	×	首爾	是
yeo.gi	neun	seo.u	rim.ni.da

「例句」
여기 는 서울 입니다.
有.給　能　瘦.無　林.妮.打

那裡是便利商店。

那裡	×	便利商店	是
geo.gi	neun	pyeo.ni.jeo	mi.ye.yo

「例句」
거기 는 편의점 이예요.
勾.給　能　騙.妮.走　迷.也.啊

那裡是郵局。

那裡	×	郵局	是
jeo.gi	neun	u.che.gu	gi.e.yo

「例句」

저기	는	우체국	이에요.
走.給	能	無.切.姑	給.也.喲

廁所在哪裡？

廁所	×	哪裡	在	呢
hwa.jang.si	reun	eo.di	im.ni	kka

「例句」

화장실	은	어디	입니	까?
化.張.細	輪恩	喔.低	因.妮	嘎

練習問題

---

1 **照語順寫句子** 依照下面的語順，改成一個完整的韓語句子。

1. 這裡 → <u>百貨公司</u> → 是
   　　　　백화점

_____

2. 這 → <u>蘋果</u> → 是
   　　　 사과

_____

3. 那 → <u>我的</u> → <u>筆記本</u> → 是。
   　　　 제　　　 노트

_____

2 **排排看** 請把盒子裡的字，排成正確的句子。

1. _____
   　　　　　　　　저기＝那裡；화장실＝廁所

2. _____
   　　　　　　　　아버지＝父親；
   　　　　　　　　샐러리맨＝上班族

3 **翻譯練習** 請把中文句子翻譯成為韓語。

1. 爸爸是社長。　　　　　　　　　社長＝사장

_____

2. 這是錢包。　　　　　　　　　　錢包＝지갑

_____

第一課　行為的對手、目標

（一）一個補語

韓語說「我跟她結婚。」，就說「나는 그녀와 결혼합니다」，述語動詞「결혼합니다」（結婚），前面要接的是補語（結婚的對象）「그녀」（她），補語助詞要用「와[wa]/과[gwa]」（跟），「母音＋와；子音＋과」。

所以「我跟她結婚。」的韓語語順是將介詞「跟」移到「她」的後面。

中文的介詞「跟」，在這裡相當於韓語助詞「와」，而這句有補語的動詞句，助詞是「와」。助詞要接在補語後面，所以「跟」當然要在「她」的後面啦！語順是，

> 主體는＋對手와/과＋動作。

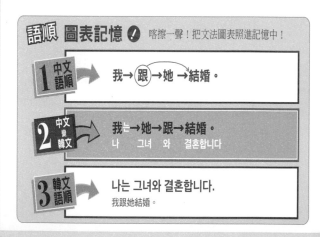

語順 圖表記憶 ✏ 喀擦一聲！把文法圖表照進記憶中！

1 中文語順　我→(跟)→她→結婚。

2 中文變韓文　我는→她→跟→結婚。
나　그녀　와　결혼합니다

3 韓文語順　나는 그녀와 결혼합니다.
我跟她結婚。

主語　　　　補語　　　　述語

單字語順

主體　　　　對手、目標　　　動作

na.neun　　　　　　　　　　　　　　gyeol.hon.ham.ni.da

🔊 1　나는　　　　　　　　　　　　　결혼합니다. 我結婚。
　　　那.嫩　　　　　　　　　　　　　勾兒.紅.航.妮.打

na.neun　　　　geu.nyeo.wa　　　　gyeol.hon.ham.ni.da

🔊 2　나는　　　　그녀와　　　　　　결혼합니다. 我跟她結婚。
　　　那.嫩　　　　古.牛.娃　　　　　勾兒.紅.航.妮.打

「와」（跟）前面接對象，表示跟這個對象互相進行某動作，例如：結婚、吵架或偶然在哪裡碰面等，必須有對象才能進行的動作。

看漫畫比比看

1 나는 결혼합니다.
　我結婚。

2 나는 그녀와 결혼합니다.
　我跟她結婚。

　　例句（1）只提到我要結婚了，卻沒有提到要和誰結婚；例句（2）看前面是她，就清楚知道我的結婚對象是她啦！

（二）兩個補語

　　結婚戒指，是一個很特別的珠寶，因為它代表的是一生的回憶，一旦戴上了就要負起對彼此的信任跟誓言喔！

　　有些動詞述語只有一個補語，有些就有兩個補語。例如「我送了某物給某人」，「某人」是間接補語，在前面；「某物」是直接補語，就要在後面。

　　因此，「我送了戒指給她。」的韓語語順是將動詞「送了」先移到句尾，表示物的直接補語「戒指」移到動詞前，表示人的「她」要在「戒指」之前，介詞「給」要接在「她」的後面。語順是，

> **主體는+間接對象（人）에게+直接對象（物）를+動作。**

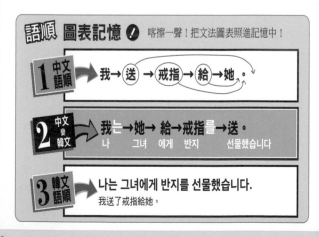

語順 圖表記憶 ✎ 喀擦一聲！把文法圖表照進記憶中！

1 中文語順 ➡ 我→送→戒指→給→她。

2 中文變韓文 ➡ 我는→她→給→戒指를→送。
나　　그녀　에게　반지　　선물했습니다

3 韓文語順 ➡ 나는 그녀에게 반지를 선물했습니다.
我送了戒指給她。

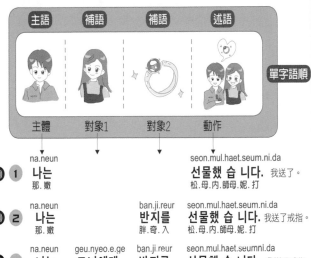

| 主語 | 補語 | 補語 | 述語 |

主體　　　　對象1　　　　對象2　　　　動作

🔊 **1**
na.neun
나는
那.嫩
seon.mul.haet.seum.ni.da
선물했 습 니 다. 我送了。
松.母.內.師母.妮.打

🔊 **2**
na.neun
나는
那.嫩
ban.ji.reur
반지를
胖.奇.入
seon.mul.haet.seum.ni.da
선물했 습 니 다. 我送了戒指。
松.母.內.師母.妮.打

🔊 **3**
na.neun
나는
那.嫩
geu.nyeo.e.ge
그녀에게
古.牛.愛.給
ban.ji.reur
반지를
胖.奇.入
seon.mul.haet.seumni.da
선물했 습 니 다. 我送了戒指給她。
松.母.內.師母.妮.打

我們來比較 下，助詞「에게」（給）是指單一方給另一方的動作；助詞「와」（跟）是指結婚啦！吵架啦！一個人沒辦法做的雙方相互的動作。

看漫畫比比看

1 나는 선물했습니다.
我送了。

2 나는 반지를 선물했습니다.
我送了戒指。

3 나는 그녀에게 반지를 선물했습니다.
我送了戒指給她。

例句（1）只提到「我送了」，但不知道送什麼禮物；例句（2）加入一個補語，直接對象的「指輪」，知道動詞述語「送」的對象是「指輪」，就知道男性送出的是戒指；例句（3）再加入第二個補語，間接對象的「她」，更清楚知道「送戒指」這個動作，是要給「她」的。

練習問題

1 **照語順寫句子** 依照下面的語順，改成一個完整的韓語句子。

1. 他 → 教授 → 跟 → 見面
   　　　教수　　　　　　만납니다

_____

2. 我們 → 他 → 給 → 禮物 → 送
   우리들　　　　　　선물　　주었습니다

_____

3. 我 → 她 → 給 → 電子郵件 → 寄
   　　　　　　　　메일　　　보냈습니다

_____

2 **排排看** 請把盒子裡的字，排成正確的句子。

1.

   나　는　과　선생님　상의합니다

   _____

   선생님＝老師；상의합니다＝商量

2.

   친구　그　빌려줬습니다　책　는　에게　을

   _____

   친구＝朋友；책＝書；
   빌려줬습니다＝借（給）

第二課　行為的方向及目的
（一）方向及起點

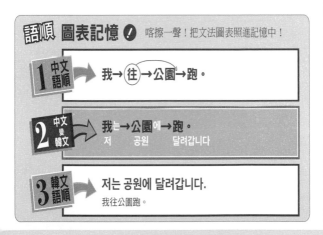

　　行為的目的之外，還有一個很重要的是，行為所往的場所、行為所開始的場所，句中的位置要在述語的前面。

　　但是，行為跟所往、所開始的場所，兩者到底是什麼關係。那就需要有「往、從」這樣的記號，表示行為的補語助詞了。這一單元先介紹「에 [e]」（往）、「에서 [e.seo]」（從）這兩個助詞。

　　「我往公園跑。」語順是把動詞述語的「往」移到句尾，然後補語的所往的場所「公園」以助詞「에」（往）來表示。語順是，

　　　主體는+場所에+ 動作。

語順 圖表記憶 ✐ 喀擦一聲！把文法圖表照進記憶中！

1 中文語順
我→往→公園→跑。

2 中文變韓文
我 는→公園 에→跑。
저　　　公原　　　달려갑니다

3 韓文語順
저는 공원에 달려갑니다.
我往公園跑。

| 主語 | 補語 | 述語 |

單字語順

| 主體 | 場所 | 動作 |

jeo.neun · gong.wo.ne · dal.lyeo.gam.ni.da

🔊 **1** **저는** **공원에** **달려 갑니다.** 我往公園跑。
走.嫩　工.我.內　打.溜.卡母.妮.打

jeo.neun · gong.wo.ne.seo · dal.lyeo.gam.ni.da

🔊 **2** **저는** **공원에서** **달려 갑니다.** 我從公園開始跑
走.嫩　工.我.內.手　打.溜.卡母.妮.打

「에」（往）表示動作、行為的方向。「에서」（從…開始）表示動作的起點，也表示動作所在的場所，相當於中文的「在」。

看漫畫比比看

1 저는 공원에 달려갑니다.
我往公園跑。

2 저는 공원에서 달려갑니다.
我從公園開始跑。

例句（1）補語助詞用「에」，強調動作到達的場所是「公園」。（2）補語助詞用「에서」強調動作起點是「公園」。

（二）目的

　　自助旅行到首爾玩，有時候坐錯車，反而讓人更加興奮，因為可以欣賞到旅遊書，沒有介紹的地方，那種地方常常會有讓人意想不到的好玩。

　　要說「我去首爾玩。」像這樣一個句子裡，同時要表現動作的方向（首爾）跟目的（玩），就用「…는[neun]…에[e]…러[reo]」這樣的句型。語順是「主體는＋方向에＋目的러＋動作」。

　　方向跟目的都是動作的補語，所以這個句子也是有兩個補語的句子。

　　「我去首爾玩。」韓語語順是，把動詞「去」往句尾移，至於方向的「首爾」跟目的的「玩」位置都不變。簡單吧！

> 主體는＋方向에＋目的러＋動作。

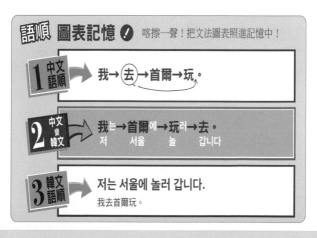

語順 圖表記憶 喀擦一聲！把文法圖表照進記憶中！

1 中文語順　我→去→首爾→玩。

2 中文變韓文　我 는→首爾 에→玩 러→去。
저　　서울　　놀　　갑니다

3 韓文語順　저는 서울에 놀러 갑니다.
我去首爾玩。

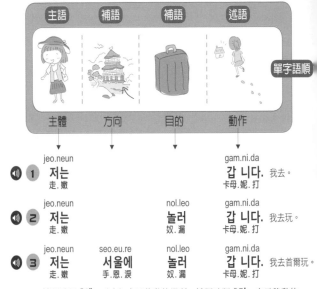

主語	補語	補語	述語

單字語順

主體	方向	目的	動作

1 jeo.neun
저는
走.嫩

gam.ni.da
갑 니다. 我去。
卡母.妮.打

2 jeo.neun
저는
走.嫩

nol.leo
놀러
奴.漏

gam.ni.da
갑 니다. 我去玩。
卡母.妮.打

3 jeo.neun
저는
走.嫩

seo.eu.re
서울에
手.恩.淚

nol.leo
놀러
奴.漏

gam.ni.da
갑 니다. 我去首爾玩。
卡母.妮.打

補語助詞「**에**」（去）表示移動的場所，補語助詞「**러**」表示移動的目的。「**러**」的前面要用動詞語幹，也就是把「**다**」拿掉。例如「**놀다**」（遊玩），就變成「**놀**」。

看漫畫比比看

1 저는 놀러 갑니다.
我去玩。

2 저는 서울에 놀러 갑니다.
我去首爾玩。

例句（1）不知道到哪裡玩；例句（2）看表示移動的場所「**에**」（去）的前面，清楚地知道，是到首爾玩。

---

1 **照語順寫句子** 依照下面的語順，改成一個完整的韓語句子。

1. 我 → 學校 → 去
　　学교

_____

2. 弟弟 → 車站 → 從 → 走去
　　　　역에서　　　　걸어 갑니다

_____

3. 金明賢先生 → 蔬果店 → 買蔬菜 → 去
　김명현씨　　야채 가게　야채사러

_____

2 **排排看** 請把盒子裡的字，排成正確的句子。

1. _____

　　　　　　　　　　　　유원지＝遊樂園

2. _____

종로＝鐘路；마시 ＝由「마시다」
(喝) 的語幹拿掉「다」變化而來的

第三課 人與物的存在
（一）人與物的存在

韓語中，某物存在某處的句子，叫做存在句。語順也是基本句的「主語＋補語＋述語」。表示存在的述語動詞用「있다 [it.tta]」。禮貌並尊敬的說法是「있습니다 [it.sseum.ni.da]」，客氣但不是正式的說法是「있어요 [i.sseo.yo]」。動詞的補語，也就是存在物用助詞「가 [ga] / 이 [i]」，存在處用助詞「에 [e]」來表示。

因此，「這裡有廁所。」韓語語順只要把存在動詞「有」移到句尾，句子就出來啦！存在句的語順是：

> 存在處에＋物가/이＋存在動詞。

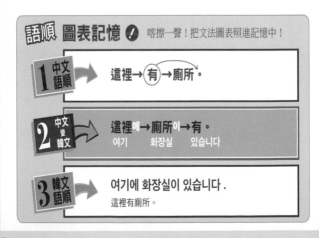

語順 圖表記憶 ✔ 喀擦一聲！把文法圖表照進記憶中！

1 中文語順　這裡→有→廁所。

2 中文變韓文　這裡에→廁所이→有。
　　　　　　　여기　　화장실　　있습니다

3 韓文語順　여기에 화장실이 있습니다 .
　　　　　　　這裡有廁所。

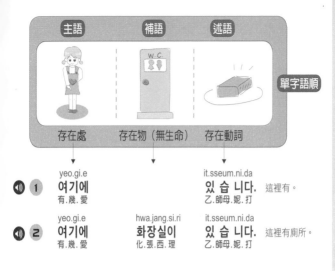

主語	補語	述語
存在處	存在物（無生命）	存在動詞

單字語順

🔊 **1**
yeo.gi.e
여기에
有.幾.愛

it.sseum.ni.da
있 습 니 다.
乙.師母.妮.打
這裡有。

🔊 **2**
yeo.gi.e
여기에
有.幾.愛

hwa.jang.si.ri
화장실이
化.張.西.理

it.sseum.ni.da
있 습 니 다.
乙.師母.妮.打
這裡有廁所。

看漫畫比比看

1 여기에 있습니다.
這裡有。

2 여기에 화장실이 있습니다.
這裡有廁所。

　　例句（1）只提到「這裡有」，但不知道有什麼；例句（2）明確地在存在動詞前面，加入存在物「廁所」，知道這裡有的是廁所了。

（二）人與物的不存在

「他不在那裡。」、「庭院裡沒有蛇。」等等，表示「某人或動物不存在某處」要怎麼說呢？

上一單元提到的存在句是「某物存在某處」，至於表示沒有某人事物的存在，韓語用「없다 [eop.tta]」（不在）。禮貌並尊敬的說法是「없습니다 [eop.sseum.ni.da]」，客氣但不是正式的說法是「없어요 [eop.seo.yo]」。

因此，「某人存不在某處」的不存在句，只要把動詞改成「없습니다 [eop.sseum.ni.da]」就可以了，當然這裡的存在物也是用助詞「가 [ga] / 이 [i]」，存在處也是用助詞「에 [e]」來表示。

要說「他不在那裡。」韓語語順只要把存在處「那裡」移到句首，就是啦！語順是：

> 存在處에+人가/이+不存在動詞。

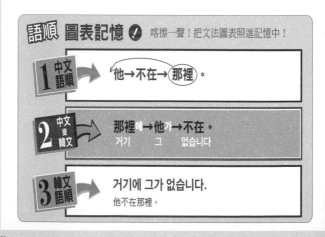

語順 圖表記憶 ✦ 喀擦一聲！把文法圖表照進記憶中！

1 中文語順 ➤ 他→不在→那裡。

2 中文變韓文 ➤ 那裡에→他가→不在。
거기　　　그　　　없습니다

3 韓文語順 ➤ 거기에 그가 없습니다.
他不在那裡。

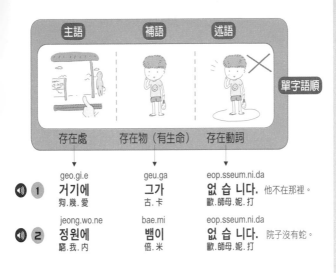

主語	補語	述語

單字語順

存在處	存在物 (有生命)	存在動詞

geo.gi.e

① 1 거기에
狗.幾.愛

geu.ga

그가
古.卡

eop.sseum.ni.da

없 습 니 다. 他不在那裡。
歐.師母.妮.打

jeong.wo.ne

① 2 정원에
竉.我.內

bae.mi

뱀이
倍.米

eop.sseum.ni.da

없 습 니 다. 院子沒有蛇。
歐.師母.妮.打

看漫畫比比看

1 거기에 그가 없습니다.
他不在那裡。

2 정원에 뱀이 없습니다.
院子沒有蛇。

　　例句 (1) 表示某人不存在某處,不存在動詞當然是「**없습니다**」;
例句 (2) 不存在的是「蛇」也是用「**없습니다**」囉!

(三) 所有

表示存在動詞「있습니다 [it.sseum.ni.da]」(有、在),不只是「存在」的意思,也有「所有」之意。句型是:「人는 [neun]＋物이 [i]/ 가 [ga]＋있습니다」。首先「는」前面的主語不是場所名詞,而是所有者。「이 [i]/ 가 [ga]」前面是補語的所有物,述語「있습니다」表示所有。

因此,「我有照相機」的韓語語順,很單純!就是將動詞「有」往句尾移就行啦!語順是:

> 所有人는＋所有物이／가＋所有動詞。

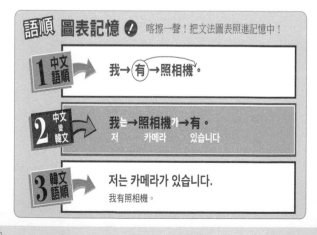

語順 圖表記憶 ✓ 喀擦一聲!把文法圖表照進記憶中!

1 中文語順 → 我→(有)→照相機。

2 中文變韓文 → 我는→照相機가→有。
저　　カメラ　　있습니다

3 韓文語順 → 저는 카메라가 있습니다.
我有照相機。

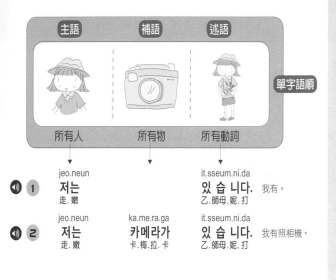

主語	補語	述語
所有人	所有物	所有動詞

	jeo.neun		it.sseum.ni.da	
1	저는 走.嫩		있 습 니 다. 乙.師母.妮.打	我有。

	jeo.neun	ka.me.ra.ga	it.sseum.ni.da	
2	저는 走.嫩	카메라가 卡.梅.拉.卡	있 습 니 다. 乙.師母.妮.打	我有照相機。

看漫畫比比看

1　저는 있습니다.
　　我有。

2　저는 카메라가 있습니다.
　　我有照相機。

　　例句（1）用所有動詞「**있습니다**」，表示「我擁有」之意，但不知道擁有什麼；例句（2）句中加入了所有物「**카메라**」（照相機），並用助詞「**가**」表示，知道擁有的是「照相機」。

------

1 照語順寫句子 依照下面的語順，改成一個完整的韓語句子。

1. <u>教室</u> → <u>學生</u> → 有
　 교실　　 학생

_____

2. <u>男孩子</u> → <u>手機</u> → 有
　 사내아이　 휴대폰

_____

2 排排看 請把盒子裡的字，排成正確的句子。

1. _____

병원＝醫院；의사＝醫生

2. _____

어린이＝小孩；볼펜＝原子筆

3 翻譯練習 請把中文句子翻譯成為韓語。

1. 那裡有冰箱。　　　　　　　　　　　　冰箱＝냉장고

_____

2. 家裡有狗。　　　　　　　　　　　　　狗＝개

_____

第四課　行為的出發點、方向、到達點

（圖示 TI2）

　　要從家裡出門啦！往山上去啦！到山上啦！也就是行為跟場所之間的關係，需要有介詞「從、往、到」在中間穿針引線的。這些介詞相當於韓語的助詞「에서 [e.seo]、로 [ro] / 으로 [eu.ro]、까지 [kka.ji]」。

　　「에서」（從）、「로 / 으로」（往）「까지」（到）等助詞要放在場所的後面，來表示句中的補語，以補充說明後面的行為（述語）。

　　要說「我從家裡去。」韓語語順，是將相當於助詞的「從」移到「家裡」的後面就行了。

> 主體는 + 起點에서 + 動作。

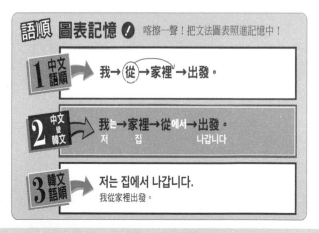

語順 圖表記憶 喀擦一聲！把文法圖表照進記憶中！

1 中文語順 　我 → 從 → 家裡 → 出發。

2 中文變韓文 　我는 → 家裡 → 從에서 → 出發。
　　　　저　　　집　　　나갑니다

3 韓文語順 　저는 집에서 나갑니다.
　　　　我從家裡出發。

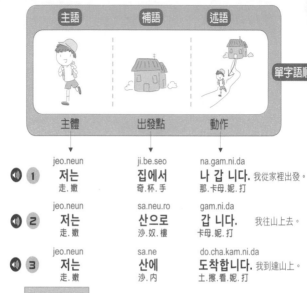

主語	補語	述語
主體	出發點	動作

單字語順

1
jeo.neun
저는
走.嫩

ji.be.seo
집에서
奇.杯.手

na.gam.ni.da
나 갑 니 다. 我從家裡出發。
那.卡母.妮.打

2
jeo.neun
저는
走.嫩

sa.neu.ro
산으로
沙.奴.樓

gam.ni.da
갑 니 다. 我往山上去。
卡母.妮.打

3
jeo.neun
저는
走.嫩

sa.ne
산에
沙.內

do.cha.kam.ni.da
도착합니다. 我到達山上。
土.擦.看.妮.打

看漫畫比比看

1 저는 집에서 나갑니다.
我從家裡出發。

3 저는 산에 도착합니다.
我到達山上。

2 저는 산으로 갑니다.
我往山上去。

例句（1）的「에서」重點在動作的起點；例句（2）的「으로」重點在「動作的方向、經過的地點」；例句（3）「에」重點在「動作的終點」。

助詞的圖像

에
表示動作的
終點。

에서
表示動作的
場所。

에서
表示動作的
起點。

「에서」有動作的場所及起點的意思喔！

집에 들어갑니다 .
進入家裡。

집에서 공부합니다 .
在家裡念書。

집에서 나갑니다 .
從家裡出來。

練 習 問 題

---

1 **照語順寫句子** 依照下面的語順，改成一個完整的韓語句子。

1. <u>男人</u> → <u>沙發</u> → <u>到</u> → <u>坐</u>
   남자　　소파　　　　　앉습니다

　　_____

2. <u>哥哥</u> → <u>隧道</u> → <u>從</u> → <u>出來</u>
   　　　　터널　　　　나갑니다

　　_____

2 **排排看** 請把盒子裡的字，排成正確的句子。

1.  　_____

　　방=房間；들어갑니다=進去

2.  　_____

　　우체국=郵局

3 **翻譯練習** 請把中文句子翻譯成為韓語。

1. 我下公車。　　　　　　　公車=버스；下來=내립니다

　　_____

2. 我到國外去。　　　　　　國外=해외

　　_____

第五課 結果

韓語中，要表示從某一程度、狀態變成另一種程度、狀態，如果是接形容詞語幹後面的話用「아 [a] / 어 [eo] 지다 [ji.da]」（變成），禮貌並尊敬的說法是「집니다 [jim.ni.da]」，客氣但不是正式的說法是「저요 [jeo.yo]」。「陽母音＋아；陰母音＋어」。

如果接名詞的話用「가 [ga] / 이 [i] 되다 [doe.da]」（變成），禮貌並尊敬的說法是「됩니다 [doem.ni.da]」，客氣但不是正式的說法是「돼요 [dwae.yo]」。「母音＋가；子音＋이」。

有變化就會有結果，變成怎麼樣呢？我們先看變化句型：「變化者는結果아 / 어 집니다」。

變化動詞前面，就是變化的結果了，這個結果就是句中的補語。所以，要說「姊姊變漂亮了。」韓語語順，把變化動詞的「變」移到「漂亮」之後，就可以啦！

主體는＋結果아 / 어＋變化動詞。

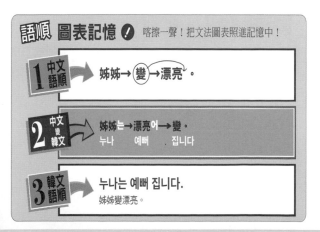

語順 圖表記憶 喀擦一聲！把文法圖表照進記憶中！

1 中文語順 姊姊→變→漂亮。

2 中文變韓文 姊姊는→漂亮어→變。
누나　　　예뻐　　집니다

3 韓文語順 누나는 예뻐 집니다.
姊姊變漂亮。

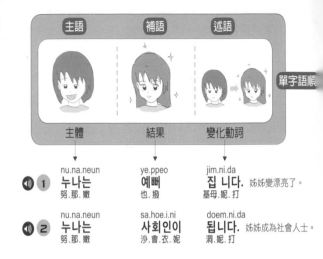

主語	補語	述語
主體	結果	變化動詞

nu.na.neun   ye.ppeo   jim.ni.da

� 1 누나는   **예뻐**   **집 니다.** 姊姊變漂亮了。
努.那.嫩   也.撥   基母.妮.打

nu.na.neun   sa.hoe.i.ni   doem.ni.da

◀ 2 누나는   **사회인이**   **됩니다.** 姊姊成為社會人士。
努.那.嫩   沙.會.衣.妮   洞.妮.打

　　形容詞「예쁘다」漂亮後面接「아／어 집니다」，要把詞尾的「다」去掉，剩下「예쁘」，但是形容詞語幹以母音「ㅡ」結尾，後面又接「어」時，母音「ㅡ」會脫落，因此變成「예뻐」。也就是：

　　「예쁘다→예쁘（母音ㅡ脫落）→예ㅃ＋어＝예뻐」。

看漫畫比比看

1 누나는 예뻐 집니다.
　　姊姊變漂亮了。

2 누나는 사회인이 됩니다.
　　姊姊成為社會人。

練習問題

---

1 **照語順寫句子** 依照下面的語順，改成一個完整的韓語句子。

1. 頭髮 → 長 → 變
   머리　길다

   _____

2. 弟弟 → 帥 → 變
   남동생　멋있다

   _____

2 **排排看** 請把盒子裡的字，排成正確的句子。

1. _____

   선배＝前輩；작가＝作家

2. _____

   건강하다＝健康

3 **翻譯練習** 請把中文句子翻譯成為韓語。

1. 孩子的衣服變髒了。
   　　　　　　　　　　　　衣服＝옷；髒＝더럽다

   _____

2. 妹妹當了音樂家。
   　　　　　　　　　　　　音樂家＝음악가

   _____

第六課　行為的原料、材料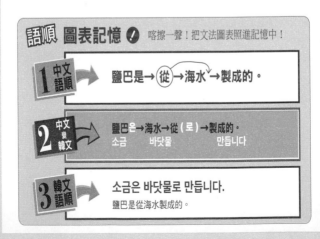
（一）原料

　　鹽巴是怎麼來的呢？這時候要把原料放在動詞述語之前，當作動詞的補語，而原料後面要用助詞來表示。

　　製作什麼東西時，使用的原料跟材料，助詞都用「로[ro]」（從…，用…）。

　　「鹽巴是從海水製成的。」韓語語順是，將相當於助詞的「從」移到原料之後，就可以了。語順是，

> 主體은＋原料로＋動作。

語順 圖表記憶 ❶　喀擦一聲！把文法圖表照進記憶中！

1 中文語順　→　鹽巴是→(從)→海水→製成的。

2 中文異韓文　→　鹽巴은→海水→從(로)→製成的。
　　　소금　　바닷물　　　　만듭니다

3 韓文語順　→　소금은 바닷물로 만듭니다.
　　　鹽巴是從海水製成的。

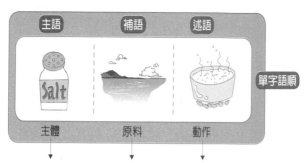

主語	補語	述語
主體	原料	動作

單字語順

so.geu.meun		man.deum.ni.da

1 **소금은**
嫂.古.悶

만듭니다 .
罵.東.妮.打

鹽巴製成的。

so.geu.meun	ba.dan.mul.lo	man.deum.ni.da

2 **소금은**
嫂.古.悶

바닷물로
拔.蛋.母.樓

만듭니다 .
罵.東.妮.打

鹽巴是從海水製成的。

(二) 材料

T14

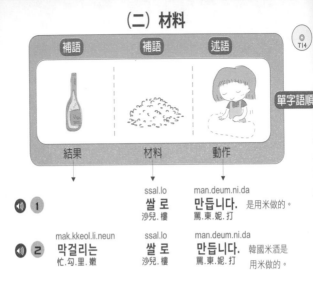

補語	補語	述語
結果	材料	動作

1
        ssal.lo   man.deum.ni.da
        쌀 로   만듭니다. 是用米做的。
        沙兒. 樓   罵.東.妮.打

2
mak.kkeol.li.neun ssal.lo man.deum.ni.da
막걸리는 쌀 로 만듭니다. 韓國米酒是
忙.勾.里.嫩 沙兒. 樓 罵.東.妮.打 用米做的。

「로」要放在材料的後面，來表示句中的補語。

看漫畫比比看

1 소금은 바닷물로 만듭니다.
鹽巴是從海水製成的。

2 막걸리는 쌀로 만듭니다.
韓國米酒是用米做的。

例句 (1) 的「로」表示原料；例句 (2) 的「로」表示材料。

 練 習 問 題

---

1 **照語順寫句子** 依照下面的語順，改成一個完整的韓語句子。

1. 玻璃 → 用 → 椅子 → 做
   유리　　　　의자

_____

2. 葡萄酒 → 葡萄 → 從 → 製成的
   와인　　　포도　　　만들었습니다

_____

2 **排排看** 請把盒子裡的字，排成正確的句子。

1.
_____

　　　　　　　　　　　　　디저트=甜點；바나나=香蕉

2.
_____

　　　　　　　　　　　　　밀가루=麵粉；빵=麵包

3 **翻譯練習** 請把中文句子翻譯成為韓語。

1. 用樹木做筷子。　　　　　　　　　　筷子=젓가락

_____

2. 酒是從米製成的。　　　　　　　酒=술；米=쌀

_____

第七課　比較的對象
（一）事物

　　哪個地方比哪個地方怎麼樣啦！誰比誰還大啦！誰比誰還有錢啦！要比較就用助詞「보다 [bo.da]」（比）。比較的對象要在述語的前面，當作述語的補語。「보다」要接在比較對象的後面。

　　所以「首爾比釜山冷。」韓語語順是，把相當於助詞的「比」移到比較的對象「釜山」的後面，就行啦！語順是，

> 主體은＋比較對象보다＋狀態。

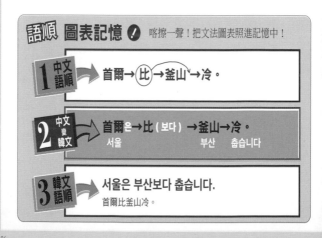

語順 圖表記憶 喀擦一聲！把文法圖表照進記憶中！

1 中文語順 ▶ 首爾→比→釜山→冷。

2 中文暨韓文 ▶ 首爾은→比（보다）→釜山→冷。
서울　　　　　　　　부산　춥습니다

3 韓文語順 ▶ 서울은 부산보다 춥습니다.
首爾比釜山冷。

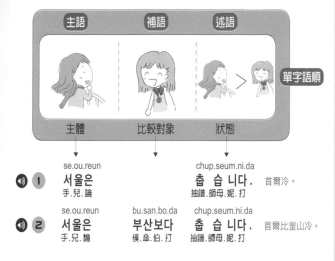

主語	補語	述語

單字語順

主體	比較對象	狀態

se.ou.reun   chup.seum.ni.da

1 서울은   춥 습 니 다.   首爾冷。
手.兒.論   抽譜.師母.妮.打

se.ou.reun   bu.san.bo.da   chup.seum.ni.da

2 서울은   부산보다   춥 습 니 다.   首爾比釜山冷。
手.兒.論   樸.傘.伯.打   抽譜.師母.妮.打

看漫畫比比看

1 서울은 춥습니다.
　　首爾冷。

2 서울는 부산보다 춥습니다.
　　首爾比釜山冷。

　　例句（1）只是單純地說「首爾冷。」；例句（2）加入補語跟補語助詞「부산보다」（比釜山），知道「首爾」比較的對象是「釜山」。

（二）人物

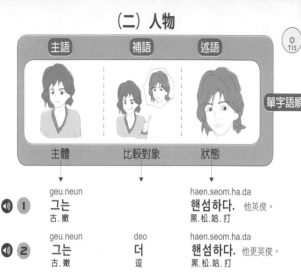

主語	補語	述語
主體	比較對象	狀態

O
T15

單字語順

geu.neun　　　　　　　　　　　　　　haen.seom.ha.da

🔊 **1** **그는**　　　　　　　　　　　　　**핸섬하다.** 他英俊。
　　　古.嫩　　　　　　　　　　　　　黑.松.哈.打

geu.neun　　　　　　deo　　　　　　　haen.seom.ha.da

🔊 **2** **그는**　　　　　　**더**　　　　　　　**핸섬하다.** 他更英俊。
　　　古.嫩　　　　　　逗　　　　　　　黑.松.哈.打

　　「더」也是表示比較的助詞。表示跟比較的對象比起來，程度更大，數量更多。

練 習 問 題

1 **照語順寫句子** 依照下面的語順，改成一個完整的韓語句子。

1. 今天 → 昨天 → 比 → 寒冷
　오늘　어제　　　춥습니다

_____

2. 韓國男性 → 更 → 體貼
　한국남자　　　상냥합니다

_____

2 **排排看** 請把盒子裡的字，排成正確的句子。

1. _____

도시=城市；번화합니다=熱鬧；
시골=鄉下

2. _____

누나=姊姊；젊습니다=年輕

3 **翻譯練習** 請把中文句子翻譯成為韓語。

1. 這個比那個簡單。　　　　　簡單=쉽습니다

_____

2. 他更有錢。　　　　　　　　有錢=부자입니다

_____

第一課　時間變形句

　　我們說「聊天」就是聊天氣啦！從天氣切入，往往就能輕鬆打開話匣子！

　　韓語表示過去、現在、未來的時間，是以說話的那個時間點為基準來判斷的。要表示過去、現在、未來的時間，韓語的動詞要進行變化。過去式動詞的變化方式是，用「**았다** [at.tta]/**었다** [eot.tta]」（過去），未來式是用「**ㄹ** [r]/**을** [eur] **것이다** [geot.i.tta]」（…吧），現在進行式用「**고 있다** [go.it.tta]」（正在…）。

　　「**어제는 비가 내렸습니다.**」（昨天下雨了。）「**었다 / 었습니다**」是過去式的語尾。這樣的句子又叫過去變形句。這句的韓語語順，是把表示過去的動詞「下了」往句尾移。語順是，

> **主體는+關連內容가+述語（時間變形）。**

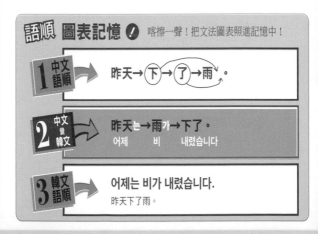

語順 圖表記憶 ✐ 喀擦一聲！把文法圖表照進記憶中！

1 中文語順　➡　昨天→下→了→雨。

2 中文變韓文　➡　昨天는→雨가→下了。
　　　　　　　　　　어제　　비　　내렸습니다

3 韓文語順　➡　**어제는 비가 내렸습니다.**
　　　　　　　　　　昨天下了雨。

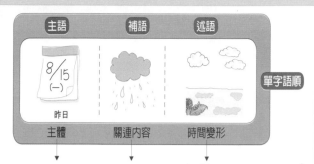

主語	補語	述語

單字語順

主體 　　　　　 關連內容 　　　　　 時間變形

1 (時間不明)　　　　　　　　 nae.rim.ni.da
　　　　　　　　　　　　　내 립 니 다. 下…。
　　　　　　　　　　　　　內.力母.妮.打

2 (過去) eo.je.neun　bi.ga　　nae.ryeot.seum.ni.da
　　　　 어제는　**비가**　　**내렸 습 니 다.** 昨天下了雨。
　　　　 喔.姊.嫩　皮.卡　　內.留.師母.妮.打

3 (未來) nae.i.reun　bi.ga　　nae.ril.geo.sim.ni.da
　　　　 내일은　**비가**　　**내 릴 것입니다.** 明天會下雨吧。
　　　　 內.衣.論　皮.卡　　內.立兒.狗.心.妮.打

4 (現在) ji.geu.meun　bi.ga　　nae.ri.go.it.seum.ni.da
　　　　 지금은　**비가**　　**내리고 있 습 니 다.** 現在,正在下雨。
　　　　 奇.古.悶　皮.卡　　內.理.夠.乙.師母.妮.打

看漫畫比比看

1 내립니다.
下…。

2 어제는 비가 내렸습니다.
昨天下了雨。

3 내일은 비가 내릴
것입니다.
明天會下雨吧。

4 지금은 비가 내리고 있습니다.
現在,正在下雨。

（1）過去式，用「았다／었다」（過去）表示事情已經過去了，是在說話之前的事。動詞「내리다」（下雨）語尾就變成過去式的「내렸다」（下了雨）。因為「내리다：내리＋었다＝내렸다」（客氣且正式用「내렸습니다」）。

（2）未來式用「ㄹ／을 것이다」（…吧），表示事情還沒有發生，對未來的事進行推測的表現。動詞「내리다」（下雨）語尾就變成未來「내릴 것입니다」（應該下雨吧）。因為「내리다：내리＋ㄹ 것이다＝내릴것이다」（客氣且正式用「내릴 것입니다」）。

（3）現在式，用「고 있다」（正在…）表示事情正在發生。動詞「내리다」（下雨）語尾就變成現在式的「내리고 있습니다」（正在下雨）。因為「내리다：내리＋고 있다＝내리고 있다」（客氣且正式用「내리고 있습니다」）。

	「았다／었다」（過去）	表示事情已經過去了
過去式	動　詞：「내리다」（下雨）	
	過去式：「내렸습니다．」（下了雨。）	
	「ㄹ／을 것이다」（…吧）	表示事情還沒有發生
未來式	動　詞：「내리다」（下雨）	
	未來式：「내릴 것입니다．」（應該下雨吧。）	
	「고 있다」（正在…）	表示事情正在發生
現在式	動　詞：「내리다」（下雨）	
	現在式：「내리고 있습니다．」（正在下雨。）	

用言的過去式

01 指定詞的過去式

指定詞的過去式，會根據前接詞的結尾是子音或母音而產生變化。原形是「였다 [yeot.tta]/ 이었다 [i.eot.tta]」，禮貌並尊敬的說法是「였습니다 [yeot.sseum.ni.da]/ 이었습니다 [i.eot.sseum.ni.da]」，客氣但不是正式的說法是「였어요 [yeo.sseo.yo]/ 이었어요 [i.eo.sseo.yo]」，隨便的說法是「였어 [yeo.sseo]/ 이었어 [i.eo.sseo]」。相當於中文的「（過去）是～；（曾經）是～」。

> **基本句型**
>
> 母音結尾的名詞＋였다 [yeot.tta]
>
> 子音結尾的名詞＋이었다 [i.eot.tta]

例句

■ 曾經是選手。

seon.s u　　　　　　seon.s u　yeot.d a　　seon.su.yeot.d a
선 수 (選手) → 선 수 + 였다 .= 선수였다 .

■ 「那天」是生日。

saeng.i r　　　　　　saeng. i r　i .eot.d a　saeng. i .ri.eot.d a
생 일 (生日) → 생 일 + 이었다 .= 생일이었다 .

昨天生日。

昨天	×	生日	過
eo.je	ga	saeng.i	ri.eot.da

「例句」

어제	가	생일	이었다 .
喔.姊	卡	先.衣	里.歐特.打

那時候，我不是學生。

那時候	我	學生	×	不是
geu.ttae	nan	hak.saeng	i	a.ni.eo.sseo.yo

「例句」

그때	난	학생	이	아니었어요 .
古.爹	難	哈.先	衣	阿.妮.喔.手.喲

以上面的例子來作「합니다體、해요體、半語體」的話，變化如下：

	합니다體	해요體	半語體
선수[seon.su]（選手）→	선수였습니다. [seon.su.yeot. seum.ni.da]	선수였어요. [seon.su.yeo. sseo.yo]	선수였어. [seon.su.yeo. sseo]
생일 [saeng.ir]（生日）→	생일이었습니다. [saeng.i.ri.eot. seum.ni.da]	생일이었어요. [saeng.ir.i.eo. sseo.yo]	생일이었어. [saeng.i.ri. eo.sseo]

02 動詞・形容詞的過去式

動詞・形容詞的過去式要怎麼活用呢？那就看語幹的母音是陽母音，還是陰母音來決定了。只要記住陽母音就接「았 [at]」（裡面有「ㅏ」也是陽母音），陰母音就接「었 [eot]」（裡面有「ㅓ」是陰母音），就簡單啦！

基本句型

語幹是陽母音＋았다 [at.tta]

語幹是陰母音＋었다 [eot.tta]

■ 知道了。
ai.da　　　　　　　　　　ar　　　　　　ar　at.da　a rat.da
알다（知道）→알（ㅏ是陽母音）→알＋았다 = 알 았다.

■ 吃了。
meok.da　　　　　　　　meog　　　　　　meog　geot.da　meog.eot.da
먹다（吃）→먹（ㅓ是陰母音）→먹＋었다 = 먹 었다.

■ 寫了。
sseu.da　　　　　　　　sseu　　　　　　sseu eot.da sseu.eot.da　　　　　sseot.da
쓰다（寫）→쓰（ㅡ是陰母音）→쓰＋었다 = 쓰었다（省略為 썼다）

■ 正確了。
ol.da　　　　　　　　　　ol　　　　　　ol　at.da　o.lat.da
옳다（正確的）→옳（ㅗ是陽母音）→옳＋았다 = 옳았다.

■ （過去）寒冷。
chup.da　　　　　　　　chub　　　　　　chub eot.da chu.wot.da
춥다（寒冷的）→춥（ㅜ是陰母音）→춥＋었다 = 추웠다.

94

買了土產。

土產	×	買了
seon.mu	reur	sat.seum.ni.da

「例句」 선물 을 샀습니다 .

松 . 木　　路　　殺特 . 師母 . 妮 . 打

坐計程車去了機場。

機場	到	計程車	坐	去了
gong.hang	kka.ji	taek.si	ro	ga.sseo.yo

「例句」 공항 까지 택시 로 갔어요 .

工 . 航　　嘎 . 吉　　特 . 細　　樓　　卡 . 手 . 齁

連續劇太棒啦！

連續劇	×	太棒啦
deu.ra.ma	ga	hul.lyung.hae.sseo.yo

「例句」 드라마 가 훌륭했어요 !

都 . 郎 . 馬　　卡　　呼兒 . 流 . 黑 . 手 . 齁

以上面的例子來作「합니다體、해요體、半語體」的話，
變化如下：

	합니다體	해요體	半語體
알았다 [ar.at.da] （知道）→	알았습니다 . [a.rat.seum. ni.da]	알았어요 . [a.ra.sseo.yo]	알았어 . [a.ra.sseo]
먹었다 [meog. eot.da]（吃）→	먹었습니다 . [meo.geot. seum.ni.da]	먹었어요 . [meo.geo.sseo. yo]	먹었어 . [meo.geo. sseo]
썼다 [sseot.da] （寫）→	썼습니다 . [sseot.seum. ni.da]	썼어요 . [sseo.sseo.yo]	썼어 . [sseo.sseo]

練 習 問 題

1 照語順寫句子 依照下面的語順，改成一個完整的韓語句子。

1. 現在 → 雨 → 下 → 正在
　　　　 비

_____

2. 前天 → 地震 → 有 → 了
　 그저께　 지진　 일어나다

_____

2 排排看 請把盒子裡的字，排成正確的句子。

1. _____

내일=明天；비 =雨；
내리다=下降

2. _____

태풍=颱風；왔습니다=來了

3 翻譯練習 請把中文句子翻譯成為韓語。

1. 上禮拜下了雪。 　　　　　　　上禮拜=지난 주；雪=눈

_____

第二課　邀約變形句

　　要勸誘同輩或晚輩跟自己一起做某事，例如邀請對方喝茶等等，述語的動詞就要在語幹後面接「ㅂ시다 [b.si.da] / 읍시다 [eup.ssi.da]」表示「做～吧」的意思。不過對長輩就不能用這一說法喔！接續方法是「母音＋ㅂ시다 / 子音＋읍시다」。「시다 [si.da]」本身就含有「一起」的意思。

　　另外還有一個句型也就是「動詞詞幹＋ㄹ까요 / 을까요」（做…吧）的形式，這是表示提出意見，詢問聽話者的意見來徵得對方的同意的用法。接續方式是「母音＋ㄹ까요 / 子音＋을까요」這個句型用在同事、朋友或熟識的上司之間。

　　因此，「（一起）喝茶吧！」的韓語語順，只要把「茶」放在動詞「喝」的前面就行啦！語順是，

> （一起）＋對象를＋動作ㅂ시다 /읍시다。

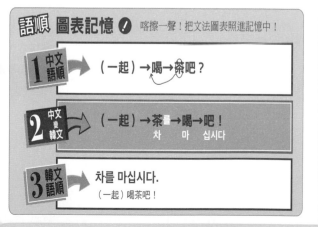

助動詞	補語	述語	助動詞
一起	對象	動作	邀約

單字語順

1

cha.reur
차를
擦.入

ma
마
馬

sim.si.da
십시다.
心.西.打

(一起) 喝茶吧！

2

taek.si.reur
택시를
特.西.入

bu
부
樸

reul.kka.yo
를까요?
入.噶.喲

叫計程車吧！

例句（2）的「부를 까요」是「부르다（呼叫）→부르+ㄹ까요=부를까요」變化而來的。

看漫畫比比看

1 차를 마십시다.
一起喝茶吧！

2 택시를 부를 까요?
叫計程車吧！

例句（1）「ㅂ시다／읍시다」（做～吧）是邀約對方跟一起做某事，「시다」本身就含有「一起」的意思；例句（2）「ㄹ까요／을까요」（做…吧）一般用在詢問聽話者的意見來徵得對方同意的用法。

---

1 **照語順寫句子** 依照下面的語順，改成一個完整的韓語句子。

1. 一起 → 照片 → 拍攝 →吧
　　　　　 사진　　찍는다

_____

2. 一起 → 家 → 回去→吧
　　　　 집　　돌아간다

_____

2 **排排看** 請把盒子裡的字，排成正確的句子。

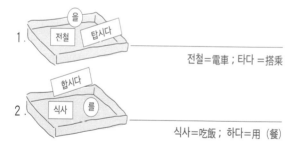

1. 을 / 전철 / 탑시다

_____

전철=電車；타다 =搭乘

2. 합시다 / 식사 / 를

_____

식사=吃飯；하다=用（餐）

3 **翻譯練習** 請把中文句子翻譯成為韓語。

1. 一起去學校吧！

學校=학교；去=가다

_____

2. 一起等他吧！

等待=기다리다

_____

第三課 希望變形句
(一) 고 싶다

　　這一回我們來介紹一下「我想～」表示希望及願望的說法。使用時,將「고 싶다 [go.sip.tta]」接在動詞的後面,表示希望實現該動詞。禮貌並尊敬的說法用「고 싶습니다 [go.sip.sseum.ni.da]」,客氣但不是正式的說法用「고 싶어요 [go.si.peo.yo]」。接續方法,不管是母音結尾還是子音結尾都一樣「動詞語幹 + 고 싶다」。

　　所以,「我想吃石鍋拌飯。」的韓語語順,是把動詞「吃」往句尾移,然後把「想」放在動詞後面。語順是,

> 主體는/은等 +對象을/를+動作고 싶다。

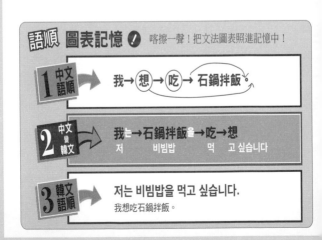

語順 圖表記憶 ✐ 喀擦一聲!把文法圖表照進記憶中!

1 中文語順 　我→想→吃→石鍋拌飯。

2 中文變韓文 　我 는→石鍋拌飯 을→吃→想
　　　　　　저　　비빔밥　　　먹　고 싶습니다

3 韓文語順 　저는 비빔밥을 먹고 싶습니다.
　　　　　　　我想吃石鍋拌飯。

主語	補語	述語	助動詞
主體	想要的對象	動作	願望

1 　jeo.neun　　bi.bim.ba.beur　　meok.seum.ni.da
　　저는　　　　비빔밥을　　　　먹 습 니 다.　　　　我吃石鍋拌飯。
　　走.嫩　　　皮.冰.拔.笨兒　　摸.師母.妮.打

2 　jeo.neun　　bi.bim.ba.beur　　meok.kko.sim.seum.ni.da
　　저는　　　　비빔밥을　　　　먹고 싶 습 니 다.　　我想吃石鍋拌飯。
　　走.嫩　　　皮.冰.拔.笨兒　　摸.扣特.心.師母.妮.打

這裡的「저는 비빔밥을 먹고 싶습니다.」（我想吃石鍋拌飯。）表示我（說話人，第一人稱）心中希望或期望能實現的事。如果是疑問句時，「어디에 가고 싶습니까?」（你想去哪裡呢？）就表示詢問聽話者的願望了。

看漫畫比比看

1 저는 비빔밥을 먹습니다.
我吃石鍋拌飯。

2 저는 비빔밥을 먹고 싶습니다.
我想吃石鍋拌飯。

例句（1）是有補語的基本句，所以語順是「主語는+補語을+述語」，補語助詞用表示動作對象的「을」；例句（2）是希望變形句，所以補語助詞要是表示願望對象的「을」，述語後面要接「고 싶습니다」(我想～)。

(二) 고 싶어하다

　　韓語中，相對於自己的希望用「고 싶다 [go.sip.tta]」，第三者的希望就要用助動詞「고 싶어하다 [go.si.peo.ha.da]」（想要⋯）。

　　使用時，將「고 싶어하다」接在動詞的後面，表示希望實現該動詞。禮貌並尊敬的說法用「고 싶어합니다 [go.si.peo.ham.ni.da]」，客氣但不是正式的說法用「고 싶어해요 [go.si.peo.hae.yo]」。接續方法，不管是母音結尾還是子音結尾都一樣「動詞語幹＋고 싶어하다」。助詞用「을 / 를」。

　　所以，「小孩想看電視。」的韓語語順，是把動詞「看」往句尾移，然後把助動詞「想」放在動詞後面。語順是，

> 主體는/은等＋對象을/를＋動作고 싶어하다。

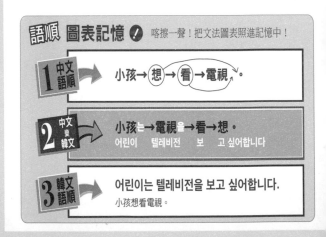

語順 圖表記憶 喀擦一聲！把文法圖表照進記憶中！

1 中文語順 ➡ 小孩→想→看→電視。

2 中文變韓文 ➡ 小孩는→電視을→看→想。
　　　어린이　텔레비전　보　고 싶어합니다

3 韓文語順 ➡ 어린이는 텔레비전을 보고 싶어합니다.
　　　小孩想看電視。

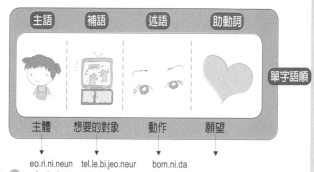

主語	補語	述語	助動詞
主體	想要的對象	動作	願望

eo.ri.ni.neun / tel.le.bi.jeo.neur / bom.ni.da

1 어린이는 텔레비전을 봅 니다.
喔.理.妮.嫩　貼.累.筆.球.努兒　撥母.妮.打

小孩看電視。

eo.rin.i.neun / tel.le.bi.jeo.neur / bo.go / si.peo / ham.ni.da

2 어린이는 텔레비전을 보고 싶어 합 니다.
喔.埂.妮.嫩　貼.累.筆.球.努兒　撥.夠　西.波.舍母.妮.打

小孩想看電視。

「고 싶어하다」（想要⋯）表示說話人從表情、動作等外觀上，來觀察他人顯露在外面的希望。主語多為第三人稱（他、他們⋯等）。

這句話可能是看小孩想看心愛的節目，電視卻壞了，推測小孩想要的是「看電視」。

看漫畫比比看

1 어린이는 텔레비전을 봅니다.
小孩看電視。

2 어린이는 텔레비전을 보고 싶어합니다.
小孩想看電視。

例句（1）只是簡單說出「小孩看電視」；例句（2）加入了助動詞「고 싶어하다」（想要⋯）表示小孩顯露在外的希望是「看電視」。

---

1 照語順寫句子　依照下面的語順，改成一個完整的韓語句子。

1. 我 → 廣播 → 聽 → 想
　　　 라디오　듣다

_____

2. 姊姊 → 首爾 → 去→ 想要
　 언니　　서울

_____

---

2 排排看　請把盒子裡的字，排成正確的句子。

1. _____

자동차＝自用車

2. _____

여행＝旅行

---

3 翻譯練習　請把中文句子翻譯成為韓語。

1. 他想要買皮包。　　　　　　皮包＝가방；購買＝사다

_____

2. 我想喝人參茶。　　　　　　人參茶＝인삼차；喝＝마시다

_____

第四課　能力變形句
(一) 可能句型 1

　　現在許多父母，會讓小孩學才藝、彈鋼琴、畫畫…。而在國外，許多小孩都會好幾樣的運動，從中學習協調、合作、鍛鍊身體。

　　這裡我們來學表示能力的「ㄹ/을 수 있다 [r/eul.ssu.it.tta]」(能～，可以做到～)吧！使用時可以直接接在述語的用言語幹後面，接續的方法是「母音+ㄹ 수 있다 /子音+을 수 있다」。

　　禮貌並尊敬的說法用「ㄹ/을 수 있습니다 [r/eul.ssu.it.sseum.ni.da]」，客氣但不是正式的說法用「ㄹ/을 수 있어요 [r/eul.ssu.i.sseo.yo]」。

　　因此，「我會彈鋼琴。」的韓語語順，把動詞「彈」往句尾移，然後把「會」放在動詞後面。語順是，

> 主體는+關連內容를+動作ㄹ/을 수 있다。

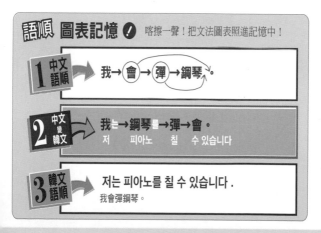

語順 圖表記憶 喀擦一聲！把文法圖表照進記憶中！

1 中文語順 我→會→彈→鋼琴。

2 中文變韓文 我는→鋼琴를→彈→會。
저　　피아노　칠　수 있습니다

3 韓文語順 저는 피아노를 칠 수 있습니다.
我會彈鋼琴。

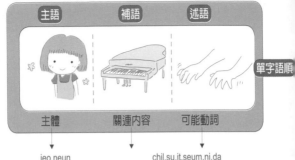

主語　　　　　補語　　　　　述語

單字語順

主體　　　　關連內容　　　　可能動詞

jeo.neun　　　　　　　　　　chil.su.it.seum.ni.da
1
저는　　　　　　　　**칠 수 있 습 니 다.** 我會彈。
走. 嫩　　　　　　　　　　七 樹 乙.師母.妮. 打

jeo.neun　　pi.a.no.reur　　chil.su.it.seum.ni.da
2
저는　　**피아노를**　　**칠 수 있 습 니 다.** 我會彈鋼琴。
走. 嫩　　畢.阿.努.入　　七 樹 乙.師母.妮. 打

這裡的「**칠 수 있습니다**」是把「**치다**」（彈）這個動作，改成動詞可能形「**치다→치+ㄹ 수 있습니다=칠 수 있습니다**」，表示經過學習，所得到的能力。「**ㄹ/을 수 있습니다**」（會…、能…）表示體力上、能力上會做的。

看漫畫比比看

1 저는 칠 수 있습니다.
我會彈。

2 저는 피아노를 칠 수 있습니다.
我會彈鋼琴。

例句（1）只單純說出「我會彈」；例句（2）加入了句型「**피아노**」（鋼琴）表示會彈的是「鋼琴」。

（二）可能句型 2

要表現不能，沒有辦法做到，就用「ㄹ / 을 수 없다」[r/eul.ssu. eop.tta]」（沒辦法，不能）這個句型。使用時可以直接接在述語的用言語幹後面，接續的方法是「母音＋ㄹ 수 없다 / 子音＋을 수 없다」。客氣但不是正式的說法用「ㄹ / 을 수 없어요」[r/eul.ssu. eop.sseo.yo]」。

因此，「我不能吃這食物。」韓語語順是，把述語的動詞「吃」往句尾移，然後再把「能」放在動詞後面。語順是，

> 主體는+關連內容을+動作을 수 없어요。

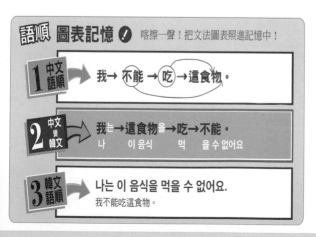

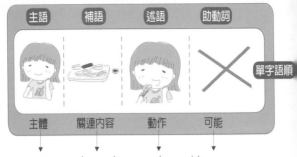

主語	補語	述語	助動詞

單字語順

主體	關連內容	動作	可能

na.neun　　i　eum.si.geur　meok.seum.ni.da

1 나는　　이 음식을　먹습니다.
　那.嫩　　衣 烏母.西.股　摸.師母.妮.打　　我吃這食物。

na.neun　　i　eum.si.geur　meo.geur　su.eop.seo.yo

2 나는　　이 음식을　먹을　수없어요. 我不能吃這食物。
　那.嫩　　衣 烏母.西.股　某.股　樹.歐.手.喲

　這裡的「먹다」（吃）正式禮貌的說法是「먹습니다」，要變成不能吃，是經過這樣的程序變化而來的「먹다→먹＋을 수 없어요＝먹을 수 없어요」。

看漫畫比比看

1 나는 이 음식을 먹습니다.
我吃這食物。

2 나는 이 음식을 먹을 수 없어요.
我不能吃這食物。

　例句（1）只是單純說出「我吃這食物」；例句（2）「먹다」加上「을 수 없어요」表示「不能吃、不會吃」的意思。

練習問題

---

1 照語順寫句子　依照下面的語順，改成一個完整的韓語句子。

1. 這裡 → 香煙 → 抽 → 不能
   　여기　　담배　　피우다

　　　_____

　　　　　　　　　＊請使用「여기서」表示「在這裡」

2. 姊姊 → 衣服 → 做 → 會
   　　　　양복　　만들다

　　　_____

---

2 排排看　請把盒子裡的字，排成正確的句子。

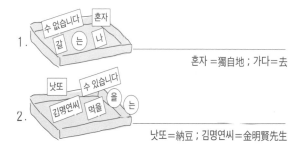

1. _____

　　　　　혼자 ＝獨自地；가다＝去

2. _____

　　　　낫또＝納豆；김명연씨＝金明賢先生

---

3 翻譯練習　請把中文句子翻譯成為韓語。

1. 我會跳芭蕾舞。　　　　芭蕾舞＝발레；跳（舞）＝추다

　　　_____

2. 這份工作我不會做。　　　這份工作＝이 일；做＝하다

　　　_____

第一課　時間、期間

（一）時間點 1

◎ T20

　　這一課我們來講時間補語，也就是時間是句子裡的補語。某一個動作發生的時間，往往是人們關注的話題，在韓語語順中，時間詞要放在述語的前面，來修飾後面的述語。修飾語要用助詞「에 [e]」等來表示，述語前面如果有行為對象，修飾語就放在行為對象的前面。

　　因此，「我七點吃飯。」韓語語順就是，把動詞「吃」往句尾移就行啦！語順是，

> 主體는＋時間에＋關連內容을＋動作。

語順 圖表記憶 ✐ 喀擦一聲！把文法圖表照進記憶中！

1 中文語順 ➡ 我→七點→（吃）→飯↴。

2 中文變韓文 ➡ 我는→七點에→飯을→吃。
저　　7시　　밥　　먹습니다

3 韓文語順 ➡ 저는 7시에 밥을 먹습니다.
我七點吃飯。

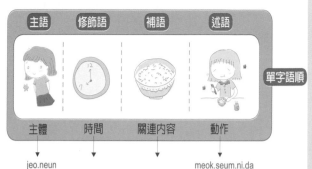

主語	修飾語	補語	述語

單字語順

主體　　　時間　　　關連內容　　　動作

jeo.neun　　　　　　　　　　　　　　　meok.seum.ni.da

1 저는　　　　　　　　　　　　　　**먹 습 니 다.** 我吃。
　　走.嫩　　　　　　　　　　　　　　摸.師母.妮.打

jeo.neun　　　　　　　ba.beur　　　meok.seum.ni.da

2 저는　　　　　　　　**밥 을**　　　**먹 습 니 다.** 我吃飯。
　　走.嫩　　　　　　　　拔.笨兒　　　摸.師母.妮.打

jeo.neun　　il.gop.si.e　　ba.beur　　meok.seum.ni.da

3 저는　　**7 시에**　　**밥 을**　　**먹 습 니 다.** 我七點吃飯。
　　走.嫩　　衣古.西.愛　　拔.笨兒　　摸.師母.妮.打

　　補語「7시에」是從時間面上修飾後面的動詞「먹습니다」，也就是「吃」
這個動作是在「七點」進行的。時間的助詞「에」表示事情發生的時間。

看漫畫比比看

1 저는 먹습니다.
我吃。

3 저는 7시에 밥을 먹습니다.
我七點吃飯。

2 저는 밥을 먹습니다.
我吃飯。

（二）時間點 2

T20

　　表示時間的修飾語，要放在述語的前面來修飾後面動作的時間，修飾語要用助詞「에 [e]」等等來表示。

　　要說「我星期天結婚。」的韓語語順不用移，直接用中文語順就行啦！語順是：

> 主體는＋時間에等＋動作。

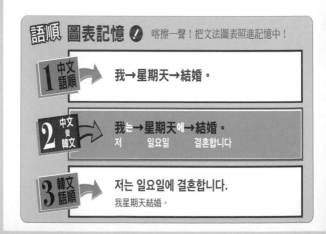

語順 圖表記憶 ✔ 喀擦一聲！把文法圖表照進記憶中！

1 中文語順　我→星期天→結婚。

2 中文變韓文　我 는→星期天 에→結婚。
저　　　일요일　　結혼합니다

3 韓文語順　저는 일요일에 결혼합니다.
我星期天結婚。

主語	修飾語	述語

單字語順

主體	時間＋（助詞）	動作

1
jeo.neun
저는
走.嫩

i.ryo.i.re
일요일에
衣.六.衣.淚

gyeol.hon.ham.ni.da
결 혼합니다. 我星期天結婚。
勾兒.紅.航.妮.打

2
jeo.neun
저는
走.嫩

i.wor.sa.mi.re
2 월 3 일에
衣.我.沙.米.淚

gyeol.hon.ham.ni.da
결 혼합니다. 我二月三日結婚。
勾兒.紅.航.妮.打

3
jeo.neun
저는
走.嫩

nae.nyeo.ne
내년에
內.牛.內

gyeol.hon.ham.ni.da
결 혼합니다. 我明年結婚。
勾兒.紅.航.妮.打

　　「일요일에」（星期天）、「2월3일에」（二月三日）、「내년에」（明年）是從時間面上修飾後面的動詞述語「결혼합니다」（結婚），表示「結婚」這個動作的時間點。

　　韓語表示「～月～日」這類的日期，要使用漢數字。韓語的數字有分「漢數字」跟「固有數字」。漢數字發音跟華語接近；固有數字是韓國本地原來就有的數字。

113

（三）期間

T20

　　表示時間的修飾語，可以分為表示時間點的「오늘」（今天）、「8 시」（八點）…等，跟表示期間的「2 년간」（兩年之間）和「～부터 [bu.teo] ～까지 [kka.ji]」（從～到～）…等。表示期間的時間名詞，要在述語的前面，來從時間的側面上修飾後面的述語。

　　由此看來，「我學了兩年。」韓語語順就是把「學了」往句尾移就行啦！語順是，

> 主體는+時間+ 動作。

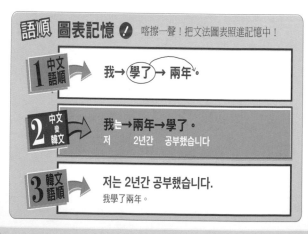

語順 圖表記憶 ✎ 喀擦一聲！把文法圖表照進記憶中！

1 中文語順 ➡ 我→學了→兩年。

2 中文變韓文 ➡ 我는→兩年→學了。
저　　2년간　공부했습니다

3 韓文語順 ➡ 저는 2년간 공부했습니다.
我學了兩年。

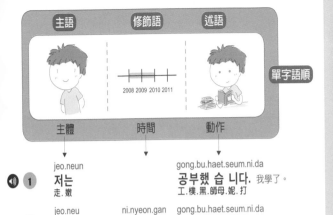

主語 | 修飾語 | 述語

主體 | 時間 | 動作

單字語順

2008 2009 2010 2011

jeo.neun
1 저는 **공부했 습 니 다.** 我學了。
走.嫩 gong.bu.haet.seum.ni.da
工.樸.黑.師母.妮.打

jeo.neu ni.nyeon.gan gong.bu.haet.seum.ni.da
2 저는 **2년간** **공부했 습 니 다.** 我學了兩年。
走.奴 妮.牛.剛 工.樸.黑.師母.妮.打

「간」（期間）表示的是一個區間。

看漫畫比比看

1 저는 공부했습니다.
我學了。

2 저는 2년간 공부했습니다.
我學了兩年。

2008 2009 2010 2011

　　例句（1）只單純地說「我學了」；例句（2）加入時間修飾語「二年間」，來修飾後面的「學了」，知道共學了兩年。

(四) 時間、期間

　　上一單元提過，表示時間的修飾語，可以大分為時間點跟期間兩種。這一單元要說明的是另一個「期間」，這裡的期間用助詞「～부터 [bu.teo] ～까지 [kka.ji]」（從～到～）。表示時間、期間名詞，要放在述語的前面，來修飾後面的述語。

　　因此，「我從六點工作。」韓語的語順，是將相當於助詞的「從」移到時間的「六點」之後，動詞的「工作」保持在句尾就行啦！語順是，

> 主體는+時間부터+動作。

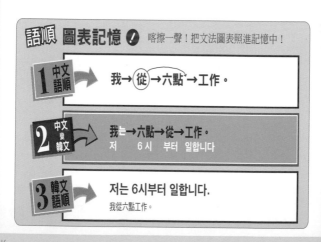

語順 圖表記憶 喀擦一聲！把文法圖表照進記憶中！

1 中文語順　　我→從→六點→工作。

2 中文變韓文　　我는→六點→從→工作。
　　　　　　　　저　　6시　부터　일합니다

3 韓文語順　　저는 6시부터 일합니다.
　　　　　　　　我從六點工作。

| 主語 | 修飾語 | 述語 |

單字語順

| 主體 | (時間＋助詞) | (時間＋助詞) | 動作 |

① 1
jeo.neun　　　　yeo.seot.si.bu.teo　　il.ham.ni.da
저는　　　　　 6 시부터　　　 일 합니다. 我從六點工作。
走.嫩　　　　 齁手.西.樸.透　　 憶兒.航.妮.打

② 2
jeo.neun　　　　yeo.deol.si.kka.ji　　il.ham.ni.da
저는　　　　　 8 시까지　　　 일 합니다. 我工作到八點。
走.嫩　　　　 齁嘟.西.嘎.奇　　 憶兒.航.妮.打

③ 3
jeo.neun　　a.hop.si.bu.teo.　da.seot.si.kka.ji　　il.ham.ni.da
저는　　 9시부터　 5 시까지　　　 일 합니다. 我從九點工作到五點。
走.嫩　　阿手.西.樸.　打手.西.嘎.奇　　 憶兒.航.妮.打

④ 4
jeo.neun　　　a.chim.bu.teo.bam.kka.ji　　il.ham.ni.da
저는　　　 아침부터 밤까지　　　 일 합니다. 我從早工作到晚。
走.嫩　　　 阿.七.樸.透 旁.嘎.奇　　 憶兒.航.妮.打

⑤ 5
jeo.neun　　wo.ryo.il.bu.teo.geu.myo.il.kka.ji　il.ham.ni.da
저는　　 월요일부터 금요일까지　 일 합니다. 我從星期一工作
走.嫩　　 我.六.憶.樸.透 古.妙.憶.嘎.奇　 憶兒.航.妮.打 到星期五。

看漫畫比比看1

1 저는 일합니다.
我工作。

2 저는 6시부터 일합니다.
我從六點（開始）工作。

看漫畫比比看2

1 저는 일합니다.
我工作。

2 저는 아침부터 밤까지
일합니다.
我從早工作到晚。

STEP5

用言修飾語＋述語

1 照語順寫句子 依照下面的語順，改成一個完整的韓語句子。

1. 她 → **11點** → 從 → **7點** → 到 → **睡了**
　　11시　　　　7시　　　　　잤습니다

2. **小提琴** → **三年** → **學了**
　바이올린　3년간　배웠습니다

2 排排看 請把盒子裡的字，排成正確的句子。

1.

　　　　　　　　　運動합니다＝運動

2.

　　　　　　저녁＝傍晚；밤＝晚上；
　　　　　　요리합니다＝做菜

3 翻譯練習 請把中文句子翻譯成為韓語。

1. 朋友明天出院。

　　　　　　　出院＝퇴원합니다

2. **小寶寶12月1日出生了。**
　　　　　　小寶寶＝갓난아기；12月1日＝
　　　　　　12월1일；出生了＝태어났습니다

118

第二課 動作、行為的場所、範圍（一）行為的場所

　　現在喜歡跑步的人，為數還真不少，跑步的魅力在動作簡單，不需太多器具，不需要一群人參與。大街小巷都可以跑，當然有座公園就更好了。

　　動作有關的場所，譬如，動作進行的場所、動作開始的場所等，這些場所，都需要接助詞「에서 [e.seo]（在），부터 [bu.teo]（從），까지 [kka.ji]（到）」來做修飾語。從場所面來修飾、限定後面的動詞述語。「에서」這個助詞同時有「在」跟「從」的意思。

　　因此，「我在公園跑步。」的韓語語順，由於動詞「跑步」一開始就乖乖的在句尾，所以不需要移動。只要把助詞的「在」，移到「公園」後面就行啦！語順是，

> 主體는+場所에서等+動作。

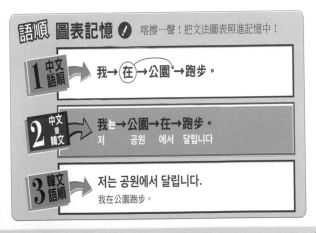

語順 圖表記憶 喀擦一聲！把文法圖表照進記憶中！

1 中文語順 ➤ 我→在→公園→跑步。

2 中文變韓文 ➤ 我는→公園→在→跑步。
　　　　　　　저　　公원　에서　달립니다

3 韓文語順 ➤ 저는 공원에서 달립니다.
　　　　　　　我在公園跑步。

主語	修飾語	述語
主體	場所＋助詞	動作

1
jeo.neun	gong.wo.ne.seo	dal.lim.ni.da
저는	공원에서	달 립 니 다.
走.嫩	工.我.內.手	打.李母.妮.打

我在公園跑步。

2
jeo.neun	gong.wo.ne.seo	dal.lim.ni.da
저는	공원에서	달 립 니 다.
走.嫩	工.我.內.手	打.李母.妮.打

我從公園跑步。

3
jeo.neun	gong.won.e.seo	jip.kka.ji	dal.lim.ni.da
저는	공원에서	집까지	달 립 니 다.
走.嫩	工.我.內.手	幾.嘎.奇	打.李母.妮.打

我從公園跑到家

　　「공원에서」（在公園）、「공원에서」（從公園）、「공원에서 집까지」（從公園到家）都是修飾在後面的述語，表示動作「달립니다」（跑）所進行的場所。在這裡的「에서」（從），「까지」（到）表示場所的起點和終點。

看漫畫比比看

1 저는 공원에서 달립니다.
　　我在公園跑步。

2 저는 공원에서 달립니다.
　　我從公園跑步。

3 저는 공원에서 집까지 달립니다.
　　我從公園跑到家。

STEP5 用言修飾語＋述語

單字語順

120

（二）行為的範圍 1

　　某一行為、動作是在什麼樣的範圍內進行的呢？說明範圍的詞語是修飾語，要在述語的前面，他所擔負的任務是「範圍」。

　　這一單元介紹「밖에 [ba.kke]」（只、僅僅）這個說明範圍的助詞，後接否定表示限定。它前接名詞，來修飾後面的動詞述語，動詞要變成否定式。

　　所以，「我只吃韓國料理。」韓語語順就是把「韓國料理」移到範圍助詞「只」之前，接下來在動詞「吃」的後面加上否定的「不」，就可以了。語順是，

> 主體는+関連内容밖에+動作（否定）。

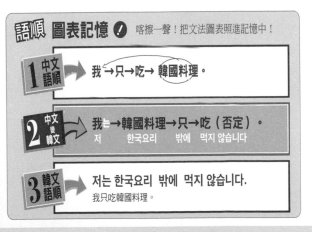

主語	補語	修飾語	述語

單字語

主體	關連內容	範圍	動作（否定）

1

jeo.neun
저는
走.嫩

han.gung.yo.ri.reur
한 국 요 리 를
韓.姑恩.喲.理.入

meok.seum.ni.da
먹 습 니 다.
摸.師母.妮.打

我吃韓國料理

2

jeo.neun
저는
走.嫩

han.gung.yo.ri
한 국 요 리
韓.姑恩.喲.理

ba.kke
밖에
拔.給

meok.jji.an.seum.ni.da
먹지 않 습 니 다.
摸.幾 安.師母.妮.打

我只吃韓國料

看漫畫比比看

1 저는 한국 요리를 먹습니다.
我吃韓國料理。

2 저는 한국 요리밖에 먹지 않습니다.
我只吃韓國料理。

　　例句（1）用動作對象助詞「를」，來單純敘述「我吃韓國料理。」；例句（2）把「를」改成「밖에」，變成「한국 요리밖에」（只有韓國料理）來修飾後面的動詞述語，當然動詞的「먹습니다」要改成否定形「먹지 않습니다」了。

　　動詞否定句的作法，只要在動詞的語幹加上「지 않습니다 / 않아요 / 지 않다」就行啦。

（三）行為的範圍 2

　　動作是在什麼樣的範圍內進行的呢？表示範圍的助詞還有一個是「만[man]」（只、僅僅），它後面接肯定，表示限定。「만」前接名詞，位置要在動詞述語的前面，來修飾後面的動詞，動詞不需要變成否定式。

　　因此，「我只吃韓國料理。」韓語語順就是，將「韓國料理」移到表示範圍的助詞「只」前面，就可以啦！語順是，

> 主體は＋関連内容만＋動作（肯定）

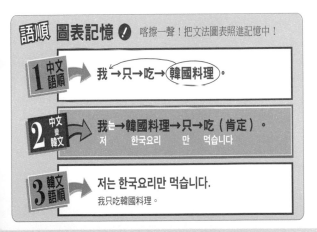

語順 圖表記憶 喀擦一聲！把文法圖表照進記憶中！

1 中文語順
我 →只→吃→韓國料理。

2 中文是韓文
我 = → 韓國料理 → 只 → 吃（肯定）。
저 　　한국요리 　만 　멱습니다

3 韓文語順
저는 한국요리만 멱습니다.
我只吃韓國料理。

主語	補語	修飾語	述語

| 主體 | 關連內容 | 範圍 | 動作（肯定） |

1
jeo.neun
저는
走. 嫩

meok.seum.ni.da
먹 습 니 다. 我吃。
摸. 師母. 妮. 打

2
jeo.neun
저는
走. 嫩

han.gung.yo.ri.reur
한 국 요 리 를
韓. 姑恩. 喲. 理. 入

meok.seum.ni.da
먹 습 니 다
摸. 師母. 妮. 打
我吃韓國料理。

3
jeo.neun
저는
走. 嫩

han.gung.yo.ri
한 국 요 리
韓. 姑恩. 喲. 理

man
만
罵

meok.seum.ni.da
먹 습 니 다.
摸. 師母. 妮. 打
我只吃韓國料理。

看漫畫比比看

1 저는 한국요리밖에 먹지 않습니다.
我只吃韓國料理。

2 저는 한국요리만 먹습니다.
我只吃韓國料理。

「밖에～지 않다」（只有）用在否定句中，用在限定一件事物，而排除其他事物。「만」（只有）用在肯定句中，也可以用在否定句中。

練 習 問 題

1 **照語順寫句子**　依照下面的語順，改成一個完整的韓語句子。

1. <u>首爾</u> → <u>從</u> → <u>明洞</u> → <u>到</u> → <u>走路</u>
　서울　　　　　명동　　　　　걷습니다

_____

2. <u>大家</u> → <u>燒肉</u> → <u>只</u> → <u>吃</u>（用「밖에+否定」的句型）
　　　　불고기　　　먹다

_____

2 **排排看**　請把盒子裡的字，排成正確的句子。

1. _____

2. _____

두게=兩個；사과=蘋果

3 **翻譯練習**　請把中文句子翻譯成為韓語。

1. **我從廚房打掃。**　　　廚房=부엌；打掃=청소합니다

_____

2. **哥哥在公司工作。**　　　公司=회사；工作=일합니다

_____

第三課　一起動作的對象

　　行為的方式中，某動作一起進行的對象，用助詞「와 [wa]/ 과 [gwa]（跟～）來當做修飾語，以修飾後面的述語。

　　「와 / 과」（跟～一起）表示一起去做某事的對象。「와 / 과」前面是一起動作的人。接續的方法是「母音＋와 / 子音＋과」。口語常用「(이) 랑 [(i).rang]」、「하고 [ha.go]」的形式。例如：「나랑 사귑시다！」（跟我交往吧！）

　　所以，「我跟朋友去韓國。」韓語語順就是，先將表示動作對象助詞的「跟」移到「朋友」後面，然後再將動詞「去」移到句尾就是啦！語順是，

主體는+対象과/와+動作。

語順 圖表記憶 ✐ 喀擦一聲！把文法圖表照進記憶中！

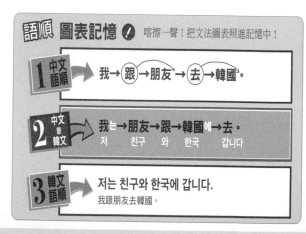

1 中文語順 我→跟→朋友→去→韓國。

2 中文變韓文 我는→朋友와→跟→韓國에→去
저　友구와　　한국　갑니다

3 韓文語順 저는 친구와 한국에 갑니다.
我跟朋友去韓國。

主語	修飾語	補語	述語
主體	動作的對象+助詞	關連內容	動作

單字語順

1　저는 jeo.neun　走.嫩　　　　　　　　　　갑 니다. gam.ni.da 卡母.妮.打　我去。

2　저는 jeo.neun　走.嫩　　한국에 han.gu.ge 韓.姑.給　　갑 니다. gam.ni.da 卡母.妮.打　我去韓國。

3　저는 jeo.neun　走.嫩　　친구와 chin.gu.wa 親.姑.娃　한국에 han.gu.ge 韓.姑.給　갑 니다. gam.ni.da 卡母.妮.打　我跟朋友去韓國。

看漫畫比比看

1　저는 갑니다.
我去。

2　저는 한국에 갑니다.
我去韓國。

3　저는 친구와 한국에 갑니다.
我跟朋友去韓國。

　　修飾語「친구와」（跟朋友）是一起去韓國的對象，修飾後面的動詞「갑니다」（去）。

　　「와 / 과」（跟）也常跟「같이」（一起）表示「跟～一起」的意思，也就是一起去做某事的對象。例如：「어제 친구와 같이 영화를 보았습니다.」（昨天跟朋友一起看電影。）

---

1 **照語順寫句子** 　依照下面的語順，改成一個完整的韓語句子。

1. 老師 → 學生 → 跟 → 說話
　　　　　　　　이야기합니다

_____

2. <u>店員</u> → <u>客人</u> → 跟 → <u>打招呼</u>
　점원　　손님　　　　　인사합니다

_____

3. <u>學長</u> → <u>學弟</u> → 跟 → <u>跳舞</u>
　선배　　후배　　　　　춤춥니다

_____

2 **翻譯練習** 　請把中文句子翻譯成為韓語。

1. **媽媽跟小孩去散步。**　　　　小孩＝아이；散步＝산책합니다

_____

2. **我跟朋友去補習。**　　　　　補習＝학원

_____

第四課 道具跟手段
(一) 材料

做某行為，利用的是什麼材料？行為的方式中，某動作是用什麼材料來進行的？可以用「로 [ro]/ 으로 [eu.ro]」（用）來當做修飾語的助詞，修飾後面的述語，如果句中還有動作的對象，那麼，對象就放在修飾語的後面，述語的前面。接續的方法是「母音＋로 /子音＋으로」。

所以，「姊姊用米做麵包。」韓語語順就是先將動詞「做」移到句尾，再將表示道具的助詞「用」移到「米」的後面，就OK 啦！語順是，

主體는+材料로/으로+關連內容을+動作。

語順 圖表記憶 ✓ 喀擦一聲！把文法圖表照進記憶中！

1 中文語順 ➤ 姊姊→用→米→做→麵包。

2 中文變韓文 ➤ 姊姊는→米→用→麵包을→做。
누나　쌀　로　빵　　만들었습니다

3 韓文語順 ➤ 누나는 쌀로 빵을 만들었습니다．
姊姊用米做麵包。

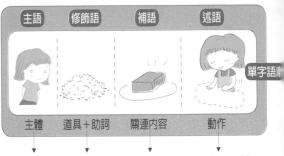

主語	修飾語	補語	述語
主體	道具＋助詞	關連內容	動作

單字訓

🔊 **1**
nu.na.neun
누나는
努.那.嫩

man.deu.reot.seum.ni.da
만들었습니다. 姊姊做。
罵.的.樓.師母.妮.打

🔊 **2**
nu.na.neun
누나는
努.那.嫩

ppang.eur
빵을
幫.而

man.deu.reot.seum.ni.da
만들었습니다. 姊姊做麵包
罵.的.樓.師母.妮.打

🔊 **3**
nu.na.neun
누나는
努.那.嫩

ssal.lo
쌀로
沙兒.樓

ppang.eur
빵을
幫.而

man.deu.reot.seum.ni.da
만들었습니다. 姊姊用米做
罵.的.樓.師母.妮.打 麵包

看漫畫比比看

1 누나는 빵을 만들었습니다.
姊姊做麵包。

2 누나는 쌀로 빵을 만들었습니다.
姊姊用米做麵包。

　　例句（1）只單純提到「姊姊做麵包」；例句（2）「쌀로」（用米）是「만들었습니다」（做）的材料，也就是從材料這一側面來修飾後面的動作，知道「做」這個動作的材料是「米」。動作對象的「빵」（麵包）就在修飾語的後面，述語動作的前面。

（二）器具

　　做某行為，利用的是什麼器具？也可以用「로 [ro]/ 으로 [eu. ro]」（用）來當作修飾語的助詞，修飾後面的述語。同樣地，如果句中還有動作的對象，那麼，對象就放在修飾語的後面，述語的前面。

　　所以，「妹妹用筷子吃飯。」韓語語順就是，先將動詞「吃」移到句尾，再將表示器具的助詞「用」移到「筷子」的後面，就可以了啦！語順是，

> 主體은+器具로/으로+關連內容을+動作。

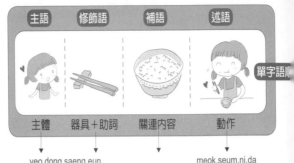

主語	修飾語	補語	述語
主體	器具＋助詞	關連內容	動作

單字語順

	yeo.dong.saeng.eun			meok.seum.ni.da
1	**여동생은** 有.同.先.運			**먹 습 니 다.** 妹妹吃。 摸.師母.妮.打

	yeo.dong.saeng.eun		ba.beur	meok.seum.ni.da
2	**여동생은** 有.同.先.運		**밥 을** 拔.笨兒	**먹 습 니 다.** 妹妹吃飯。 摸.師母.妮.打

	yeo.dong.saeng.eun	jeot.gga.ra.geu.ro	ba.beur	meok.seum.ni.da
3	**여동생은** 有.同.先.運	**젓 가락으로** 走特.卡.拉.古.樓	**밥 을** 拔.笨兒	**먹 습 니 다.** 妹妹用 摸.師母.妮.打 吃飯。

「젓가락」（筷子）是「먹습니다」（吃）的器具，也就是從器具這一側面來修飾後面的動作，知道「吃」這個動作的器具是「筷子」。動作對象的「밥」（飯）就在修飾語的後面，述語動作的前面。

（三）語言

　　做某行為，使用的是什麼語言？也可以用「로[ro]/으로[eu. ro]」（用）來當做修飾語的助詞，修飾後面的述語。同樣地，如果句中還有動作的對象，那麼，對象就放在修飾語的後面，述語的前面。

　　因此，「哥哥用韓語寫報告。」韓語語順就是，先將動詞「寫」移到句尾，再將表示語言的助詞「用」移到「韓語」的後面，就可以啦！語順是，

> 主體은＋語言어로＋關連內容를＋動作。

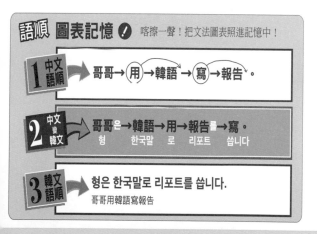

主語	修飾語	補語	述語

單字語順

主體	語言＋助詞	關連內容	動作

1 hyeong.eun
형은
玄.運

sseum.ni.da
씁니다. 哥哥寫。
順.妮.打

2 hyeong.eun
형은
玄.運

ri.po.teu.reul
리포트를
理.普.度.入

sseum.ni.da
씁니다. 哥哥寫報告
順.妮.打

3 hyeong.eun
형은
玄.運

han.gung.mal.lo
한 국 말로
韓.姑恩.馬.樓

ri.po.teu.reul
리포트를
理.普.度.入

sseum.ni.da
씁니다. 哥哥用韓語
順.妮.打　　寫報告。

134

（四）手段

　　到某處，利用的是什麼交通工具呢？行為的方式中，某動作是用什麼手段、方式來進行的？也用「로 [ro]/ 으로 [eu.ro]」（坐～，搭～）來當做修飾語的助詞，以修飾後面的述語。如果句中還有到達目的地，那麼，目的地就放在修飾語的後面，述語的前面。

　　所以，「爸爸坐車去首爾。」韓語語順就是，先將表示手段的助詞「坐」移到「車」的後面，再將動詞「去」移到句尾，就可以了啦！語順是，

> 主體는＋手段로 / 으로＋關連內容에等＋動作。

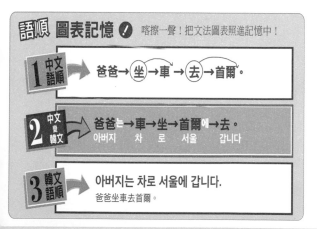

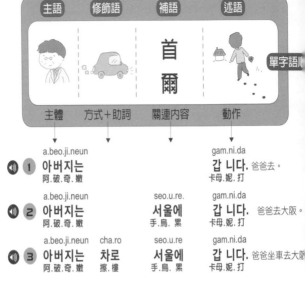

主語	修飾語	補語	述語
		首爾	
主體	方式＋助詞	關連內容	動作

單字語川

1 a.beo.ji.neun
아버지는
阿.破.奇.嫩

gam.ni.da
갑 니다. 爸爸去。
卡母.妮.打

2 a.beo.ji.neun
아버지는
阿.破.奇.嫩

seo.u.re.
서울에
手.烏.累

gam.ni.da
갑 니다. 爸爸去大阪。
卡母.妮.打

3 a.beo.ji.neun
아버지는
阿.破.奇.嫩

cha.ro
차로
擦.樓

seo.u.re
서울에
手.烏.累

gam.ni.da
갑 니다. 爸爸坐車去大阪
卡母.妮.打

看漫畫比比看

1 아버지는 서울에 갑니다.
爸爸去首爾。

2 아버지는 차로 서울에 갑니다.
爸爸坐車去首爾。

首爾

首爾

　　例句（1）只簡單提到「爸爸去首爾」；例句（2）「**차**」（車）是「**갑니다**」（去）的手段，知道「去」這個動作的手段是「搭車」。助詞用「**로**」。

1 **照語順寫句子** 依照下面的語順，改成一個完整的韓語句子。

1. 妻子 → 水果 → 用 → 果汁 → 做
　　　　　過일　　　　주스

_____

2. 學生 → 韓文 → 用 → 日記 → 寫
　　　　　　　　　　일기

_____

2 **排排看** 請把盒子裡的字，排成正確的句子。

1.

자릅니다=切（菜）；야채=蔬菜；
부엌칼=菜刀

2.

배=船；해외=國外

3 **翻譯練習** 請把中文句子翻譯成為韓語。

1. 妹妹用鉛筆寫字。

鉛筆=연필

_____

2. 大學生用英語唱歌。

大學生=대학생；英語=영어
唱歌=부릅니다

第五課　狀況

　　表示某行為、動作發生的狀況，也是修飾語。這修飾語也是用來限定後面的述語的。韓語有形容詞語幹後面加上「히 [hi]、게 [ge]、이 [i]」就變成副詞的用法，例如：

　　「천천히」（慢慢地）是由形容詞「천천하다」（慢慢的）變化而來的，它的語幹是「천천」。也就是「천천하다→천천＋히＝천천히」來的。

　　另外，「빠르게」（快速地）是由形容詞「빠르다」（快速的）變化而來的，它的語幹是「빠르」。也就是「빠르다→빠르＋게＝빠르게」來的。

　　還語，「많이」（忙地）是由形容詞「많다」（忙的）變化而來的，它的語幹是「많」。也就是「많다→많＋이＝많이」來的。

　　副詞「천천히」（慢慢地）跟「빠르게」（快快地）用在表示狀況的時候。如果句中有動詞的補語，那麼，表示頻度的副詞一般是在補語之前。「慢慢吃飯。」韓語語順是，把動詞「吃」移到句尾的。語順是，

$$\boxed{\text{狀況＋關連內容를／을＋動作。}}$$

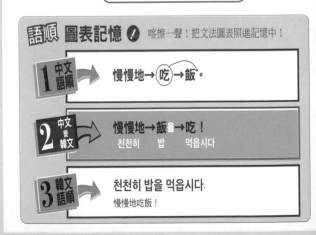

語順 圖表記憶　❶ 喀擦一聲！把文法圖表照進記憶中！

1 中文語順 ➤ 慢慢地→吃→飯。

2 中文變韓文 ➤ 慢慢地→飯을→吃！
천천히　　밥　　먹읍시다

3 韓文語順 ➤ 천천히 밥을 먹읍시다.
慢慢地吃飯！

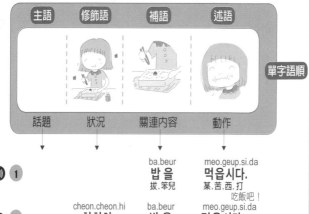

主語	修飾語	補語	述語
話題	狀況	關連內容	動作

🔊 1

		ba.beur	meo.geup.si.da
		밥 을	**먹읍시다.**
		拔.笨兒	某.苦.西.打

吃飯吧！

🔊 2

cheon.cheon.hi	ba.beur	meo.geup.si.da
천천히	**밥 을**	**먹읍시다.**
竊.竊.衣	拔.笨兒	某.苦.西.打

慢慢地吃飯吧！

🔊 3

ppa.reu.ge	ba.beur	meo.geup.si.da
빠 르 게	**밥 을**	**먹읍시다.**
八.樂母.給	拔.笨兒	某.苦.西.打

快快地吃飯吧！

看漫畫比比看

1 천천히 밥을 먹읍시다.
　　慢慢地吃飯吧！

2 빠르게 밥을 먹읍시다.
　　快快地吃飯吧！

　　例句（1）修飾語「**천천히**」從行為的狀況上，來限定動作「**먹읍시다**」，知道「吃」這個動作是「慢慢進行」；例句（2）修飾語「**빠르게**」也是從行為的狀況上，來限定動作「**먹읍시다**」，知道「吃」這個動作是「快快進行的」。這裡的動作是用勸誘形「母音＋ㅂ시다／子音＋읍시다」（～吧）。

1 　**照語順寫句子**　依照下面的語順，改成一個完整的韓語句子。

1. 乾淨 → 洗
　　깨끗하다　씻다

_____

2. 蔬菜 → 很多 → 吃
　　야채　　　많이

_____

3. 總是 → 慎重地 → 考慮
　　언제나　　신중히　　생각합니다

_____

2 　**翻譯練習**　請把中文句子翻譯成為韓語。

1. 頭髮剪短些吧！　　　短的＝짧다；頭髮＝머리；剪下＝자른다

_____

2. 快樂地工作吧！　　　　　　　快樂的＝즐겁다

_____

第六課　數量、頻度跟程度
（一）數量

　　吃飯的時候，一次吃幾碗啦！也就是某行為進行的數量，要放在行為述語的前面，來修飾述語。這個數量一般是由「數字＋量詞」構成的，如「二杯」（兩碗）。

　　中文說「我吃兩碗飯」，先按照韓語語順中，動詞老愛跟在後面的習性，把動詞「吃」往句尾移，然後再把表示數量的「兩碗」放在動詞的前面，就大功告成啦！語順是，

> 主體는＋ 對象를／을＋花費數量＋動作。

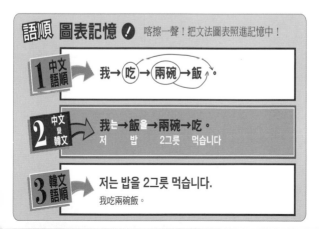

主語	補語	修飾語	述語
主體	動作的對象	動作花的數量	動作

單字語順

🔊 1
jeo.neun
저는
走.嫩

meok.seum.ni.da
먹 습 니 다. 我吃。
摸.師母.妮.打

🔊 2
jeo.neun
저는
走.嫩

ba.beur
밥을
拔.笨兒

meok.seum.ni.da
먹 습 니 다. 我吃飯。
摸.師母.妮.打

🔊 3
jeo.neun
저는
走.嫩

ba.beur
밥을
拔.笨兒

du.geu.reut
2 그릇
毒.古.魯

meok.seum.ni.da
먹 습 니 다. 我吃兩碗飯
摸.師母.妮.打

修飾語「2그릇」（兩碗）從行為所花的數量上來修飾、限定動作「먹
습 니 다」，讓動作的意思更清楚。

看漫畫比比看

1 저는 먹습니다.
我吃。

3 저는 밥을 2그릇 먹습니다.
我吃兩碗飯。

2 저는 밥을 먹습니다.
我吃飯。

例句（1）只說「我吃」；例句（2）加入「飯」，知道吃的是飯；例句
（3）加入「2그릇」在述語「먹습니다」之前當修飾語，知道是「吃兩碗」。

（二）頻度

多久喝一次牛奶啦！一個月看幾次電影啦！一年出國了幾次啦！表示某動作的發生的頻度，也是修飾語。用來修飾後面的述語。

表示頻度常用的有副詞「**가끔** [ga.kkeum]」（偶爾）跟「**자주** [ja.ju]」（經常）。如果句中有動詞的補語，那麼表示頻度的副詞，一般是在補語之前。

要說「我偶爾喝牛奶。」韓語語順，當然是把動詞「喝」往句尾移，表示頻度的副詞「偶爾」保持在補語「牛奶」前就行啦！語順是，

主體는+頻度+關連內容를 / 을+動作。

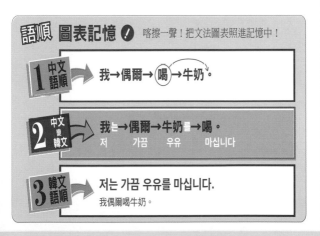

語順 圖表記憶 ✐ 喀擦一聲！把文法圖表照進記憶中！

1 中文語順　我→偶爾→喝→牛奶。

2 中文變韓文　我 는→偶爾→牛奶 를→喝。
　저　　가끔　우유　　마십니다

3 韓文語順　저는 가끔 우유를 마십니다.
我偶爾喝牛奶。

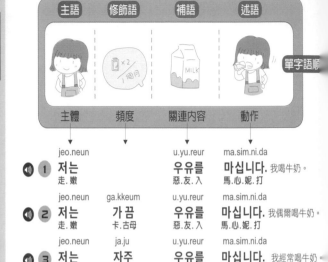

主語	修飾語	補語	述語
主體	頻度	關連內容	動作

單字語順

jeo.neun / u.yu.reur / ma.sim.ni.da

1 저는　　　　우유를　마십니다. 我喝牛奶。
走.嫩　　　　惡.友.入　馬.心.妮.打

jeo.neun / ga.kkeum / u.yu.reur / ma.sim.ni.da

2 저는　가끔　　우유를　마십니다. 我偶爾喝牛奶。
走.嫩　卡.古母　　惡.友.入　馬.心.妮.打

jeo.neun / ja.ju / u.yu.reur / ma.sim.ni.da

3 저는　자주　　우유를　마십니다. 我經常喝牛奶。
走.嫩　夾.阻　　惡.友.入　馬.心.妮.打

看漫畫比比看

1 저는 가끔 우유를 마십니다.
我偶爾喝牛奶。

2 저는 자주 우유를 마십니다.
我經常喝牛奶。

　　例句（1）頻度修飾語「**가끔**」從行為的頻度上，來限定動作「**마십니다**」，知道「喝」這個動作是「偶爾才做的」；例句（2）頻度修飾語「**자주**」也是從行為的頻度上，來限定動作「**마십니다**」，知道「喝」這個動作是「經常做的」。

（三）程度 1

　　形容詞述語，所提示的話題（主語），到底某狀態的程度有多少呢？對於形容的內容，想要更詳細的說明，就需要表示程度的副詞，來修飾形容詞述語了。

　　其中，最常用的有副詞「**정말**[jeong.mal]」，相當於中文的「很」、「非常」、「挺」、「極」。

　　例如「**정말 높습니다**」（非常高），其中「**정말**」是從程度面來修飾用言形容詞的「**높습니다**」，所以叫做程度用言修飾。韓語的修飾句中，語順是「修飾語 + 被修飾語」。

　　因此，「那座山很高。」的韓語語順跟中文一樣，位置不用移動。簡單吧！

> 話題은+程度+形容。

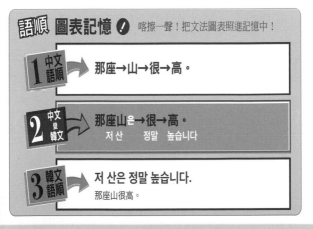

語順 圖表記憶 喀擦一聲！把文法圖表照進記憶中！

1 中文語順　　那座→山→很→高。

2 中文變韓文　　那座山은→很→高。
　　　　　　　저 산　　　정말　높습니다

3 韓文語順　　저 산은 정말 높습니다.
　　　　　　　那座山很高。

主語	修飾語	述語—形容詞
話題	程度	形容

單字語則

jeo.sa.neun
1 저 산은
走 沙. 嫩

nop.seum.ni.da
높 습 니 다. 那座山高。
努. 師母. 妮. 打

jeo.sa.neun
2 저 산은
走 沙. 嫩

jeong.mal
정말
窮. 馬

nop.seum.ni.da
높 습 니 다. 那座山很高。
努. 師母. 妮. 打

「정말」表示程度極端的高，位置是在形容詞述語之前。如果要表現現在的年輕人，常說的「超」的意思，可以用「진짜[jin.jja]」。

看漫畫比比看

1 저 산은 높습니다.
那座山高。

2 저 산은 정말 높습니다.
那座山很高。

　　例句（1）常見的中文翻譯是「那座山（很）高。」，這裡的「很」，並沒有意義，只是為了讓形容詞句的中文翻譯，能表現得更完整，而加上去的。

　　例句（2）中文翻譯也是「那座山很高。」，由於多加入了程度副詞「정말」來修飾後面的形容詞述語「높습니다」，知道高度上真的是「很高的」。

（四）程度 2

　　至於形容詞述語，所提示的話題（主語），要達到某狀態的程度有很高要怎麼說呢？

　　這時候也是需要表示程度的副詞，來修飾形容詞述語了。其中，程度副詞的「가장 [ga.jang]」，也常被使用，它相當於中文的「最」、「頂」的意思。

　　「我最喜歡秋天。」由於加入了補語「秋天」，根據補語要在述語之前，程度修飾語要緊接在述語之前，所以形容詞述語「喜歡」是在句尾，程度修飾語的「最」是放在「喜歡」之前，語順是，

> 主體는＋對象을＋程度＋形容。

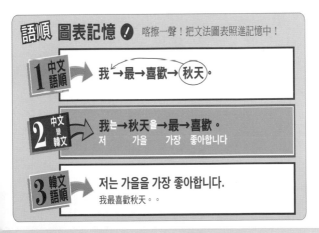

語順 圖表記憶 ✔ 喀擦一聲！把文法圖表照進記憶中！

1 中文語順 ➡ 我 →最→喜歡→(秋天)。

2 中文變韓文 ➡ 我는→秋天을→最→喜歡。
저　　가을　　가장　좋아합니다

3 韓文語順 ➡ 저는 가을을 가장 좋아합니다.
我最喜歡秋天。。

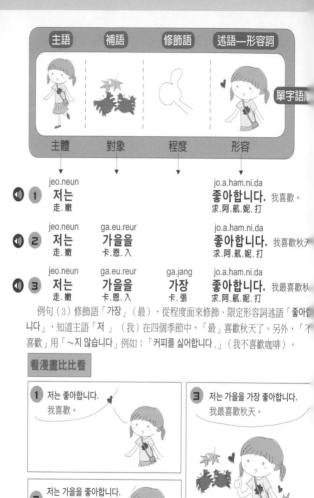

主語	補語	修飾語	述語—形容詞
主體	對象	程度	形容

單字詞

🔊 1
jeo.neun
저는
走.嫩

jo.a.ham.ni.da
좋아합니다. 我喜歡。
求.阿.航.妮.打

🔊 2
jeo.neun
저는
走.嫩

ga.eu.reur
가을을
卡.恩.入

jo.a.ham.ni.da
좋아합니다. 我喜歡秋天
求.阿.航.妮.打

🔊 3
jeo.neun
저는
走.嫩

ga.eu.reur
가을을
卡.恩.入

ga.jang
가장
卡.張

jo.a.ham.ni.da
좋아합니다. 我最喜歡秋
求.阿.航.妮.打

例句(3)修飾語「**가장**」（最），從程度面來修飾、限定形容詞述語「좋아힙
니다」，知道主語「저 」（我）在四個季節中，「最」喜歡秋天了。另外，「不
喜歡」用「～지 않습니다」例如：「커피를 싫어합니다.」（我不喜歡咖啡）。

看漫畫比比看

1
저는 좋아합니다.
我喜歡。

3
저는 가을을 가장 좋아합니다.
我最喜歡秋天。

2
저는 가을을 좋아합니다.
我喜歡秋天。

例句(2)加上補語「**가을을**」，知道喜歡的對象是秋天；例句(3)再
加上「**가장**」（最），知道我是「最」喜歡秋天了。

------

1 **照語順寫句子** 依照下面的語順，改成一個完整的韓語句子。

1. 那 → 冰箱 → 很 → 新
   　　 냉장고 　　　 새롭습니다

   _____

2. 那個 → 模特兒 → 非常→ 漂亮
   　　　 모델 　　　　　 멋있습니다

   _____

3. 我 → 偶爾 → 歌 → 唱
   　　　　　 노래　부릅니다

   _____

2 **翻譯練習** 請把中文句子翻譯成為韓語。

1. 他喝三瓶啤酒。　　　　　　　　　　　　　　三瓶＝3병

   _____

2. 孩子常吃蔬菜。　　　　　　孩子＝어린이；蔬菜＝야채

第七課 行為的目的

　　某行為是為誰而做的呢？表示目的的「為了」用「를 / 을 위해서 [reur/eur.wi.hae.seo]」。使用時，要接在名詞的後面。順序是要放在動詞述語前面，來修飾述語。接續的方法是「母音＋를 위해서；子音＋을 위해서」。使用時也常省略「서」。

　　要說，「我為她努力。」韓語語順是，將「為」移到「她」的後面，就可以啦！語順是，

> 主體는＋目的를/을 위해서＋動作。

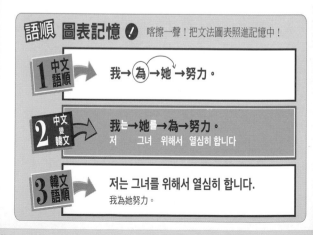

語順 圖表記憶 喀擦一聲！把文法圖表照進記憶中！

1 中文語順　　我→為→她→努力。

2 中文變韓文　　我는→她를→為→努力。
　　　　　　　저　　그녀　위해서　열심히 합니다

3 韓文語順　　저는 그녀를 위해서 열심히 합니다.
　　　　　　　我為她努力。

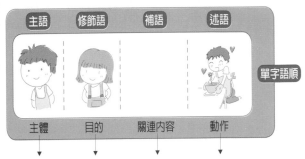

主語　　修飾語　　補語　　述語

單字語順

主體　　　目的　　　關連內容　　　動作

jeo.neun
1 저는
走.嫩

yeol.sim.hi.ham.ni.da
열심히 합니다.
友.心.稀 航.妮.打
我努力。

jeo.neun　geu.nyeo.reur.wi.hae.seo
2 저는　그녀를 위해서
走.嫩　古.牛.路 為.黑.手

yeol.sim.hi.ham.ni.da
열심히 합니다.
友.心.稀 航.妮.打
我為她努力。

jeo.neun　byeong.gan.ho.reur.wi.hae.seo.hak.ggyo.reur
3 저는　병간호를 위해서학교를
走.嫩　蘋.剛.呼.路 為.黑.手.哈.救.入

swim.ni.da
쉽 니다.
雖母.妮.打
我因為照顧病人，
沒去學校。

　　「그녀를 위해서」（為了她）跟「병간호를 위해서」（因為照顧病人）各表示「열심히 합니다」（努力）跟「쉽니다」（沒去、休息）這些行為的目的。也就是行為目的的用言修飾。

1 **照語順寫句子** 依照下面的語順，改成一個完整的韓語句子。

1. 爸爸 → 哥哥 → 為了 → 西裝 → 買
  　　　　　　　　　　양복　　사줍니다

_____

2. 他 → 她 → 為了 → 煙 → 戒了
  　　　　　　　　담배　끊었습니다

_____

3. 我 → 孩子 → 為了 → 點心 → 買
  　　　아이　　　　간식　　사줍니다

_____

2 **翻譯練習** 請把中文句子翻譯成為韓語。

1. 父母為了孩子工作。　　　　　　父母＝부모；工作＝ 일합니다

_____

2. 我為了成功而努力。　　　　　　成功＝성공；努力＝ 열심히 합니다

_____

第八課　原因

　　要表示原因、理由，韓語用「**니까** [ni.kka]/ **으니까** [eu.ni.kka]」來表現。經常用在說話人命令、勸誘對方的理由。使用時，直接用在動詞或形容詞語幹後面，然後放在述語的前面，來修飾述語。接續的方法是「母音＋**니까**/ 子音＋**으니까**」。

　　要說，「因為有發燒，請休息。」韓語語順是，將「因為」移到「發燒」的後面，就可以啦！語順是，

> **主體+原因니 까/으니까+行為。**

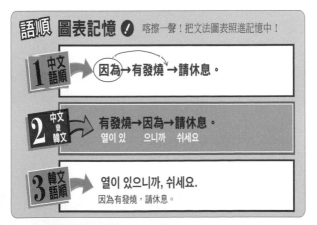

語順 圖表記憶 ✐ 喀擦一聲！把文法圖表照進記憶中！

1 中文語順 → 因為→有發燒→請休息。

2 中文變韓文 → 有發燒→因為→請休息。
　　　　　　　열이 있　　으니까　쉬세요

3 韓文語順 → 열이 있으니까, 쉬세요.
　　　　　　　因為有發燒，請休息。

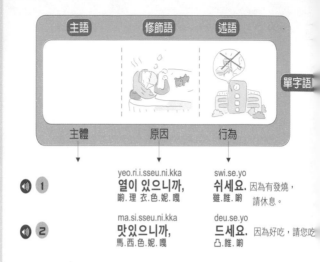

主語	修飾語	述語
主體	原因	行為

單字語

1

yeo.ri.i.sseu.ni.kka
열이 있으니까,
喲. 理. 衣. 色. 妮. 嘎

swi.se.yo
쉬세요.
雖. 誰. 喲

因為有發燒，
請休息。

2

ma.si.sseu.ni.kka
맛있으니까,
馬. 西. 色. 妮. 嘎

deu.se.yo
드세요.
凸. 誰. 喲

因為好吃，請您吃

「열이 있다」（有發燒）接「으니까」就變成「열이 있으니까」（因為有發燒）；「맛있다」（好吃）接「으니까」就變成「맛있으니까」（因為好吃）。

「열이 있으니까」（因為有發燒）跟「맛있으니까」（因為好吃）各表示「쉬요」（請休息）、跟「먹드세요」（請您吃）這些行為的原因。也就是行為原因的用言修飾。

----

1 照語順寫句子　依照下面的語順，改成一個完整的韓語句子。

1. 雨 → 下→ 因為 → 趕快 → 走吧。
　　　　　　　　　　빨리　　갑시다

_____

2. 時間 → 沒有 → 因為 → 地鐵 →坐→ 去吧。
　시간　　없다　　　　　지하철

_____

3. 天氣 → 好→ 因為 → 山上 → 去吧
　날씨　　좋다　　　　　산

_____

2 翻譯練習　請把中文句子翻譯成為韓語。

1. 因為這個便宜而買了。　　　　　便宜＝싸다；買了＝샀습니다

_____

2. 因為每天走路，很健康。　　每天＝매일；走路＝걷다；健康＝건강합니다

_____

練習問題解答

STEP 1 先弄懂一下
照語順寫句子
　　1. 그녀는 음악을 듣습니다 .

　　　　她聽音樂。

　　2. 그는 한국어를 가르칩니다 .

　　　　他教韓語。

　　3. 나는 밥을 천천히 먹습니다 .

　　　　我慢慢地吃飯。

排排看
　　1. 나는 주스를 마십니다 .

　　　　我喝果汁。

　　2. 당신은 접시를 씻습니다 .

　　　　你洗盤子。

STEP 2 基本句型
第一課 做什麼
照語順寫句子
　　1. 바람이 붑니다 .

　　　　風吹。

　　2. 형은 그녀와 데이트합니다 .

　　　　哥哥和她約會了。

　　3. 야채 가게에서는 그녀에게 무를 팔겠습니다 .

　　　　蔬果店賣白蘿蔔給她。

排排看
　　1. 어머니는 어린이에게 숙제를 가르칩니다 .

　　　　媽媽給小孩教功課。

　　2. 아버지는 맥주를 삽니다 .

　　　　爸爸買啤酒。

第二課 怎樣的
排排看
　　1. 집은 학교에서 멉니다 .

　　　　家離學校很遠。

　　2. 어머니는 역사에 잘압니다 .

　　　　媽媽對歷史很瞭解。

翻譯練習
　　1. 바다가 푸릅니다 .

　　2. 차가 편리합니다 .

　　3. 산이 예쁩니다 .

第三課 什麼的
照語順寫句子
　　1. 여기는 백화점입니다 .

　　　　這裡是百貨公司。

　　2. 이것은 사과입니다 .

　　　　這是蘋果。

　　3. 저것은 제 노트입니다 .

　　　　那是我的筆記本。

排排看
　　1. 저기는 화장실입니다 .

　　　　那裡是廁所。

　　2. 아버지는 샐러리맨입니다 .

　　　　爸爸是上班族。

翻譯練習
　　1. 아버지는 사장입니다 .

　　2. 이것은 지갑입니다 .

STEP 3 補語—述語
第一課 行為的對手、目標
照語順寫句子
　　1. 그는 교수와 만납니다 .

　　　　他和教授見面。

　　2. 우리들은 그에게 선물을 보냅니다 .

　　　　我們送禮物給他。

　　3. 나는 그녀에게 이메일을 보냅니다 .

　　　　我寄電子郵件給她了。

排排看
　　1. 나는 선생님과 상의합니다 .

　　　　我跟老師商量。

　　2. 그는 친구에게 책을 빌려줍니다 .

　　　　他借了書給朋友。

第二課 行為的方向及目的
照語順寫句子
　　1. 나는 학교에 갑니다 .

　　　　我到學校。

　　2. 남동생은 역에서 걸어 갑니다 .

　　　　弟弟從車站走去。

3. 김명현씨는 야채 가게에 쇼핑하러 갑니다 .

　　金明賢先生去蔬果店買東西。

排排看

1. 나는 유원지에 갑니다 .

　　我到遊樂園。

2. 아버지는 종로에 마시러 갑니다 .

　　爸爸去鐘路喝酒。

三課 人與物的存在

照語順寫句子

1. 교실에 학생이 있습니다 .

　　教室有學生。

2. 사내아이는 휴대폰이 없습니다 .

　　男孩子沒有手機。

排排看

1. 병원에 의사가 있습니다 .

　　醫院裡有醫生。

2. 어린이는 볼펜이 없습니다 .

　　小孩沒有原子筆。

翻譯練習

1. 거기에 냉장고가 있습니다 .

2. 집에 개가 없습니다 .

四課 行為的出發點、方向、到達點

照語順寫句子

1. 남자는 소파에 앉습니다 .

　　男人坐到沙發。

2. 형은 터널에서 나갑니다 .

　　哥哥從隧道出來。

排排看

1. 어머니는 빙에 들어갑니다 .

　　媽媽進房間。

2. 그녀는 우체국으로 갑니다 .

　　她往郵局去。

翻譯練習

1. 나는 버스에서 내립니다 .

2. 나는 해외에 갑니다 .

第五課 結果

照語順寫句子

1. 머리가 길어졌습니다 .

　　頭髮變長了。

2. 남동생이 멋있어졌습니다 .

　　弟弟變帥了。

排排看

1. 선배는 작가가 되었습니다 .

　　前輩當了作家。

2. 할머니는 건강해졌습니다 .

　　奶奶變健康了。

翻譯練習

1. 어린이의 옷은 더러워 졌습니다 .

2. 여동생은 음악가가 되었습니다 .

第六課 行為的原料、材料

照語順寫句子

1. 유리로 의자를 만듭니다 .

　　用玻璃做椅子。

2. 와인은 포도로 만들었습니다 .

　　葡萄酒是從葡萄製成的。

排排看

1. 바나나로 디저트를 만듭니다 .

　　用香蕉做甜點。

2. 빵은 밀가루로 만듭니다 .

　　麵包是從麵粉製成的。

翻譯練習

1. 나무로 젓가락을 만듭니다 .

2. 술은 쌀로 만들어졌습니다 .

第七課 比較的對象

照語順寫句子

1. 오늘은 어제보다 춥습니다 .

　　今天比昨天寒冷。

2. 한국남자는 더 상냥합니다 .

　　韓國男人更體貼。

排排看

1. 도시는 시골보다 번화합니다 .

　　城市比鄉下熱鬧。

2. 누나는 더 젊습니다 .

　　姊姊更年輕。

翻譯練習

1. 이것은 그것보다 쉽습니다 .

2. 그는 더 부자입니다 .

STEP 4 變形句

第一課 時間變形

照語順寫句子

1. 지금 , 비가 내리고 있습니다 .

   現在正在下雨。

2. 그저께 , 지진이 일어났습니다 .

   前天有了地震。

排排看

1. 내일은 비가 내릴 것입니다 .

   明天會下雨吧。

2. 어제는 태풍이 왔습니다 .

   昨天颱風來了。

翻譯練習

1. 지난 주는 눈이 내렸습니다 .

第二課 邀約變形句

照語順寫句子

1. 사진을 찍을까요 ?

   一起拍照吧！

2. 집에 돌아갑시다 .

   一起回家吧。

排排看

1. 전철을 탑시다 .

   一起搭電車吧。

2. 식사를 합시다 .

   一起吃飯吧！

翻譯練習

1. 학교에 갑시다 .

2. 함께 그를 기다립시다 .

第三課 希望變形句

照語順寫句子

1. 나는 라디오를 듣고 싶습니다 .

   我想聽廣播。

2. 언니는 서울에 가고 싶어합니다 .

   姊姊想要去首爾。

排排看

1. 어른은 자동차를 사고 싶어합니다 .

   大人想要買自用車。

2. 나는 여행을 가고 싶습니다 .

   我秋天想去旅行。

翻譯練習

1. 그는 가방을 사고 싶어합니다 .

2. 나는 인삼차를 마시고 싶습니다 .

第四課 能力變形

照語順寫句子

1. 여기서 담배를 피울 수 없습니다 .

   這裡不能抽煙。

2. 언니는 양복을 만들 수 있습니다 .

   姊姊會做衣服。

排排看

1. 나는 혼자 갈 수 없습니다 .

   我沒有辦法一個人去。

2. 김명현씨는 낫또를 먹을 수 있습니다 .

   金明賢先生敢吃納豆。

翻譯練習

1. 나는 발레를 출 수 있습니다 .

2. 이 일은 내가 할 수 없습니다 .

STEP 5 用言修飾語＋述語

第一課 時間、期間

照語順寫句子

1. 그녀는 11 시부터 7 시까지 잡니다 .

   她從 11 點睡到 7 點。

2. 바이올린은 3 년간 배웠습니다 .

   學了三年小提琴。

排排看

1. 형은 9 시부터 운동합니다 .

   家兄從 9 點開始運動。

2. 나는 저녁부터 밤까지 요리합니다 .

   我從傍晚開始做菜到晚上。

翻譯練習

1. 친구는 내일 퇴원합니다 .

2. 갓난아기는 12 월 1 일에 태어났습니다 .

第二課 動作、行為的場所、範圍

照語順寫句子

1. 서울에서 명동까지 걷습니다 .

   從首爾走路到明洞。

2. 모두 불고기밖에 먹지 않습니다 .

   大家只吃燒肉。

非排看
1. 나는 한국에서 공부했습니다 .
  我在韓國唸了書。
2. 사과는 두 게만 먹습니다 .
  蘋果只吃兩個。

翻譯練習
1. 나는 부엌에서 청소합니다 .
2. 형은 회사에서 일합니다 .

三課 一起動作的對象
照語順寫句子
1. 선생님은 학생과 이야기합니다 .
  老師跟學生說話。
2. 점원은 손님과 인사합니다 .
  店員跟客人打招呼。
3. 선배는 후배와 춤춥니다 .
  學長跟學弟跳舞。

翻譯練習
1. 어머니는 아이와 산책합니다 .
2. 나는 친구와 학원에 갑니다 .

四課 道具跟手段
照語順寫句子
1. 부인은 과일로 주스를 만듭니다 .
  妻子用水果做果汁。
2. 학생은 한국어로 일기를 씁니다 .
  學生用韓文寫日記。

排排看
1. 언니는 부엌칼로 야채를 자릅니다 .
  姊姊用菜刀切菜
2. 아저씨는 배로 해외에 갑니다 .
  叔叔搭船去國外。

翻譯練習
1. 누이동생은 연필로 글자를 씁니다 .
2. 대학생은 영어로 노래를 부릅니다 .

第五課 狀況
照語順寫句子
1. 깨끗하게 씻습니다 .
  洗乾淨。
2. 야채를 많이 먹습니다 .
  吃很多蔬菜。

3. 언제나 신중히 생각합니다 .
  總是慎重地考慮。

翻譯練習
1. 짧게 머리를 자릅시다 .
2. 즐겁게 일을 합시다

第六課 數量、頻度跟程度
照語順寫句子
1. 저 냉장고는 정말 새롭습니다 .
  那冰箱很新。
2. 저 모델은 정말 멋있습니다 .
  那個模特兒很漂亮。
3. 나는 가끔 노래를 부릅니다 .
  我偶爾唱歌。

翻譯練習
1. 그는 맥주를 3 병 마십니다 .
2. 어린이는 자주 야채를 먹습니다 .

第七課 行為的目的
照語順寫句子
1. 아버지는 형을 위해서 양복을 사줍니다 .
  爸爸為哥哥買西裝。
2. 그는 그녀를 위해서 담배를 끊었습니다 .
  他為了她戒煙了。
3. 나는 어린이를 위해서 간식을 사줍니다 .
  我為了孩子買點心。

翻譯練習
1. 부모는 아이를 위해서 일합니다 .
2. 나는 성공을 위해서 열심히 합니다 .

第八課 原因
照語順寫句子
1. 비가 오니까 빨리 갑시다 .
  因為快要下雨，趕快走吧。
2. 시간이 없으니까 지하철로 갑시다 .
  因為沒時間，坐地鐵去吧。
3. 날씨가 좋으니까 산에 갑시다 .
  因為天氣很好，上山去吧。

翻譯練習
1. 이것 싸니까 샀습니다 .
2. 매일 걸으니까 건강합니다 .

안녕하세요 한국어.
잘 부탁합니다.

★ 獻給想要馬上說韓語的您 ★

初級韓語文法
中文就行啦

有圖解的喔！

嘻玩韓語 05

2015年6月　初版一刷

發行人 ● 林德勝
著者 ● 金龍範

出版發行 ● 山田社文化事業有限公司
臺北市大安區安和路一段112巷17號7樓
電話 02-2755-7622
傳真 02-2700-1887

郵政劃撥 ● 19867160號　大原文化事業有限公司
網路購書 ● 日語英語學習網 http://www.daybooks.com.tw

總經銷 ● 聯合發行股份有限公司
新北市新店區寶橋路235巷6弄6號2樓
電話 02-2917-8022
傳真 02-2915-6275

印刷 ● 上鎰數位科技印刷有限公司
法律顧問 ● 林長振法律事務所　林長振律師
書+1MP3 ● 定價　新台幣210元
初版 ● 2015年6月